卡里来和笛木乃

KALILAI HE DIMUNAI

伊本·穆格法◎著

马义麟◎译

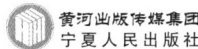

黄河出版传媒集团
宁夏人民出版社

图书在版编目（CIP）数据

卡里来和笛木乃／（波斯）伊本·穆格法著；马义
麟译.--银川：宁夏人民出版社，2019.8
ISBN 978-7-227-07083-2

Ⅰ.①卡… Ⅱ.①伊… ②马… Ⅲ.①寓言—作品集—
波斯帝国 Ⅳ.①I373.74

中国版本图书馆CIP数据核字（2019）第211660号

卡里来和笛木乃　　　　　　　（波斯）伊本·穆格法　著　马义麟　译

责任编辑　康景堂
责任校对　姚小云
封面设计　石　磊
责任印制　肖　艳

 黄河出版传媒集团　出版发行
宁夏人民出版社

出 版 人　薛文斌
地　　址　宁夏银川市北京东路139号出版大厦（750001）
网　　址　http://www.yrpubm.com
网上书店　http://www.hh-book.com
电子信箱　nxrmcbs@126.com
邮购电话　0951-5052104　5052106
经　　销　全国新华书店
印刷装订　宁夏凤鸣彩印广告有限公司
印刷委托书号　（宁）0014757

开　　本　889mm×1194mm　1/32
印　　张　7.75
字　　数　200千字
版　　次　2019年10月第1版
印　　次　2019 年10月第1次印刷
书　　号　ISBN 978-7-227-07083-2
定　　价　36.00元

译者简介

马义麟，1935年出生在陕西省西安市一个回族贫民家庭。1953年至1955年就读于北京回民学院阿拉伯语专修班，毕业后转入中国伊斯兰教经学院学习，1958年毕业后留校工作。

1977年调到长安大学国际文化交流中心（原西安公路学院外事处），从事阿拉伯国家的留学生工作，在职期间于1979年赴阿拉伯也门共和国做工程翻译工作4年。

爱好阿拉伯文学，先后翻译了《尼罗河之子》《也门摩哈咖啡》《海里发与宰相》等故事，撰写了《也门工程见闻》《一场赢官司》等文章。在也门工作期间，一位曾在长安大学留过学的名叫谷巴推的学生送给马义麟一本《卡里来和笛木乃》，希望译成中文。马义麟试着译了几章，但因工作繁忙搁置下来。直至1995年退休后才开始重译，于2012年完成初稿，随后多次进行修改。

阿拉伯文原著简介

　　阿拔斯王朝是阿拉伯文学的巅峰时期，著名的寓言故事集《卡里来和笛木乃》就是这一时期的力作。它的成书时间比《一千零一夜》的手抄本在民间流传的年代还略微早一些。《一千零一夜》和《卡里来和笛木乃》两者最明显的差别是，前者是在阿拉伯社会中孕育而成的一部民间故事集，而后者是一部源于印度，并且加进了波斯和阿拉伯故事成分的翻译作品。《卡里来和笛木乃》本源自古印度的《五卷书》，原文是梵文。6世纪时，印度王福尔下令将其译成波斯的巴列维文，而后又译成了古叙利亚语。到阿拔斯王朝时期，伊本·穆格法（724—759年）又将其译成阿拉伯文，并有所删节和增补。因此，如果我们拿目前通行的《五卷书》和《卡里来和笛木乃》做一比较，就会发现两者差距很大，《五卷书》中的许多故事在《卡里来和笛木乃》中是没有的，而《卡里来和笛木乃》中有不少故事在《五卷书》中也找不到。

　　据学者研究，古籍《五卷书》译成巴列维文时就没有完全忠于原文，而是吸收了古代印度的一些故事，译者在翻译过程中不仅对原文进行了增删，还加进了一些波斯故事。阿拉伯文译者伊本·穆格法在翻译过程中，进行了大胆的增删和改造。他不但对故事的编排和行文做了较大的变动，而且增加了新的章节和个人的许多论述。因此，经过伊本·穆格法重新编排的《卡里来和笛木乃》，虽然基本还是《五卷书》的故事，但是它已经不是《五卷书》简单的译本了，而是作者在汲取《五卷书》故事精华的基础上重新创作的一部译著并重的寓言故事集。成书后的《卡里来和笛木乃》行文流畅，文字优美，寓言深刻，被认为是阿拉伯最古老的散文典范。

《卡里来和笛木乃》是一部集丰富内容和深刻寓意于一体的寓言故事集，共有大小故事68个。它的每一个故事都寓意深刻，或说明某个经验教训，或阐明某一哲理思想，或宣示某条道德规范。

"卡里来"和"笛木乃"是两只狐狸的名字，分别代表善与恶，该书以这两只狐狸为主角，展开了一连串精彩动人的故事。《卡里来和笛木乃》分正文和附录两大部分。附录部分包括《白哈怒德·伊本·撒哈旺的序言》《拜尔扎威出使印度》；正文部分包括《狮子和黄牛》《对笛木乃的审讯》《白拉士、伊拉士和伊尔汗皇后》《鸽子、狐狸和白鹤》等16章。其中正文部分《对笛木乃的审讯》《教士和客人》《鸽子、狐狸和白鹤》三章则是伊本·穆格法的创作。

伊本·穆格法原籍波斯，是阿拉伯文学史上一位著名的散文家、翻译家和改良社会的思想家和政治家。他的主要活动时期正值伍麦叶王朝和阿拔斯王朝交替的动荡时期。伊本·穆格法自幼聪颖好学，学龄前随父习波斯文化，并信奉袄教。长大后又到名人学士荟萃的文化中心——巴士拉求学。20来岁时，他已成为一位颇有名望的波斯和阿拉伯两种文化贯通的青年学者。他的才能深得王公贵族行省长官们的赏识，纷纷邀请他去担任官署的幕僚或总督的文字秘书。这些工作使伊本·穆格法获得生动现实的感性材料，对伊本·穆格法的思想发展和创作生涯产生了巨大的影响。

公元750年，伊本·穆格法26岁时，经历了阿拔斯人和阿里派联合推翻伍麦叶王朝的政治动乱。阿拔斯王朝第二任哈里发曼苏尔刚愎自用，唯我独尊，他独断专行、横征暴敛的政策激起了伊本·穆格法的强烈不满。他立志为改革社会的不合理现象而奋斗。他试图通过文学手段扭转社会的风气，陶冶人们的情操，进一步改善人与人之间的关系，以实现他所向往的理想社会。为了达到上述目的，伊本·穆格法除了翻译大量古代波斯和希腊的哲学、文学和历史名著外，他自己也著述创作，阐述自己对社会改良的观点。

从伊本·穆格法所处的时代，以及他的文化修养、思想观念和文学创作活动，我们可以看出：伊本·穆格法从事《卡里来和笛木乃》的译著工作不是偶然的，而是他的思想和创作活动的自然延续和发展。无疑，在他心目中，《卡里来和笛木乃》是一部充满道德教育和哲理思想的寓言故事集。其宗旨是，劝诫帝王，使其懂得廉洁自持，体恤下情，教导百姓学会奋发自强、避凶趋吉。

《对笛木乃的审讯》是伊本·穆格法独立完成的一章。这一章主要是讲狐狸笛木乃残害黄牛的阴谋败露后，被捕受审的过程。在经过了十分曲折的调查和审讯后，由老虎和豹子作证，对笛木乃依法判处死刑。这一章讲的是伊本·穆格法关注阿拔斯王朝的司法制度，力求敦促哈里发改革司法制度，极具现实意义。在《对笛木乃的审讯》中，作者成功地运用了文学体裁——寓言故事的形式，形象地表达了自己对改革司法制度的观点。

《对笛木乃的审讯》是伊本·穆格法安排在《卡里来和笛木乃》中一篇用心良苦的作品，它既充分表达了作者的司法观点，以此来告诫哈里发革新司法制度的必要性；同时又巧妙地通过艺术手法，使它和首章《狮子和黄牛》的故事情节紧密联系，天衣无缝，成为有头有尾的一个整体故事。

《白拉士、伊拉士和伊尔汗皇后》一章中出现的两则小故事——一对鸽子的故事和猴子捡豆的故事，寓意深刻，耐人寻味。

关于这一章，还有这样一个故事：伊尔汗皇后和伊拉士宰相帮助白拉士国王识破了波罗门的阴谋，避免了一场大祸。一天，伊尔汗皇后因一点琐事得罪了国王，国王大怒，命宰相处死皇后。宰相深知皇后贤淑，没有执行国王的命令，而是把皇后藏在自己家中。没过多久，国王果然记起了皇后的美德，对她非常怀念。于是，宰相对国王讲了下面的两则小故事。

宰相说，一对恩爱的鸽子在巢里装满了麦子准备过冬。巢里麦子逐渐干了。雄鸽在外几天回来后见麦子少了，就责怪雌鸽吃了过冬的麦子。雌鸽百般解释，雄鸽就是不信，最后竟把雌鸽活活啄死。到了冬天，麦子因下雨受潮膨胀，恢复如初，仍是满满的一巢。此时，雄鸽才知道冤枉了雌鸽，非常后悔，但一切为时已晚。雄鸽独自守候在雌鸽墓旁，忏悔自己的鲁莽轻率，不食不饮，悲痛而死。

宰相最后说道："明智的人，凡事必定三思而后行，尤其是有可能后悔的事，更应该反复思考。"

接着宰相又讲了另一则故事。有一个人头上顶了一篮豆子上山，在树上的猴子趁机偷了一把豆子。猴子一不小心落了一颗豆子在地上，于是猴子就捧着所有豆子下树来找。结果，非但没有找回那一颗失落的豆子，反而把手捧的一把豆子也统统丢失了。这个故事告诫人们，不要拘泥于小事，否则会因小而失大。

《卡里来和笛木乃》是伊本·穆格法的代表作。他对该书的译、著倾注了全部热情，终于使这部作品在思想内容和艺术手法两方面都值得称道，受到广大人民群众的欢迎。《卡里来和笛木乃》对世界文坛的影响也是举足轻重的，尤其是对古印度文学，更是功不可没。《卡里来和笛木乃》的问世，使古代印度的《五卷书》以一种新的面貌出现在世界文坛，得以在世界各国更广泛地流传。《卡里来和笛木乃》是阿拉伯文学史上的一朵奇葩，它不仅开创了"阿拉伯文字"的先河，而且以清新隽永、流畅通俗的笔触为中世纪阿拉伯散文的发展开创了一代新风。

目　录

狮子和黄牛

国王达卜舍里姆对婆罗门首席哲学家白德巴说："请你给我举一个例子，说明两个要好的朋友，由于受到了坏人的挑拨离间，导致了友谊的破裂，反目成仇，互相敌视的情况。"

白德巴说："两位好友，听信了谗言，很快断绝了友谊，进而互相仇视，这里有个明显的例证。"

白德巴便讲了下面的故事：

 狮子和黄牛的故事

在泰司塔瓦德地区，有一位年迈的老人，他的三个儿子都已成年。他们只知道游手好闲，不务正业，常常受到父亲呵斥。

一天，父亲教育儿子们说："要想成为主宰社会的人，必须具备三个条件和四项本领。哪三个条件呢？一是要谋生，二是要有社会地位，三是修阴德，多为他人着想，为来世铺平道路。哪四项本领呢？一是赚钱要有道，二是要会使用钱财，三是要你的钱财流动起来，四是要用

金钱改善你的生活并与
至亲共同享受。如果不
具备这四项本领，囊中
羞涩，那就谈不上支出
生活所需的费用了。有
钱不会使用，也不去用
它来再求发展，束之

高阁，总有一天也会坐吃山空的。就像人们使用眼药水一
样，虽然每次只点几滴，但是久而久之药水也会用完的。
假如你用钱不当，结果钱财也会慢慢消失，你就成了穷
光蛋。"

　　三个儿子聆听了父亲的训导后，大为感动。于是，各
人立志外出谋生。古语说得好："及时当勤奋，岁月不
待人。"

　　大儿子发愤图强，决定外出谋生。他赶了一辆牛车，
向迈蒙地区进发，想在那里求得发展。牛车路经一处泥
塘，黄牛失足，车辘辘深陷泥潭之中，欲前不行，欲退不
能。在这进退两难之际，他忽然想到，有朝一日，泥塘里
的水会干的，到那时候，黄牛会平安地走出来。于是，他
留下仆人独自一人向迈蒙地区走去。

　　自从主人走后，仆人一人在荒野里独守黄牛，感到寂
寞和无聊，索性丢弃了黄牛，径自追赶主人去了。他气喘

吁吁地向主人谎称说："我向主人禀报，黄牛在泥塘里经过多次挣扎，精疲力尽而死。"

主人听了仆人的禀报，对黄牛的死并无怜悯之心，反而说："它的死就像人类一样，当它的寿数已尽，即使你竭尽全力，也无济于事的。我认为，既然这样，努力无益，反而有害处。正如沙漠中有一位旅行者，他独自一人在崎岖的戈壁滩行走。因为有人说，在这个地区常有猛兽出没，于是，他提心吊胆，害怕碰上猛兽。他担心的事情果然发生了，远处有一只灰狼向他迎面走来。他恐怖极了，四处张望，想寻找一个安全的地方躲避。他心急如焚，突然眼睛一亮，前面，在山谷对面有一个村庄。他迫不及待地向村庄奔去。当他跑到山谷前时，有一条河挡住了他的去路。灰狼又追赶上来。在万般无奈之下，他只好纵身向河里跳去。在水里，他一面高呼救命，一面挣扎。村里人听到了呼救声，携带棍棒、长矛，纷纷奔出村庄，

来到了河边，赶走了灰狼，从河里救出了这位落难之人。片刻过后，他惊魂已定，看到河畔有一间茅屋，想进小屋休息。不

料，刚刚进屋，就看见一伙盗贼在抢劫一位商人，他们还在那里分赃呢。旅行者看到这一幕惊呆了。他急忙跑进了村庄，背部倚在一堵墙上，谁能料到，这堵墙忽然倒了下来，旅行者被压，再也没有爬起来。"

再说陷在泥塘里的那头牛。自从主人走后便挣脱了羁绊，来到了一个水草肥美的草场，决定就在此地落户。它过着无忧无虑的生活。高兴时，便哞哞地叫几声，觉得很安逸。

离此地不远，有一座高山。丛林深处居住着一头雄狮，自称是百兽之王。狐狸、老虎、狼、猎豹、狐狼等猛兽都是它的臣民，它们称它为狮王。这位狮王确有领袖风范，一向是独裁专横，群兽对它百依百顺，它不用外出狩猎，身居王宫，一天的饮食均由侍从们供给。

狮王从未见过黄牛，黄牛的叫声使它惊诧不已。一天，狮王听到了黄牛哞哞的叫声，大为恐怖。随后，它又振作起来。它认为，作为百兽之王，不能让臣民们看到自己惊慌失措的样子。

狮王面前有两只狐狸担任侍卫。一位名叫卡里来，另一位叫笛木乃。笛木乃聪明伶俐，极会办事，侍候狮王有一套丰富经验。一天，笛木乃对卡里来说："狮王身居王宫，一天无所事事，生活起居还让我们侍候，这算什么事呢？"卡里来回答道："侍候狮王是我们的职责。与我们无关的事情，休要多言。再说，我们是无地位的侍从，不要议论狮王的是与非。如果不听良言相劝，一定会得到猴子那样的结果的。"

笛木乃问道："那是怎么一回事呢？"

卡里来答道："据说，有一只猴子看见木匠锯木板，木匠坐在木板上，将两个木楔插入木板缝间。猴子看见了木匠的动作，非常诧异。此时，木匠因有其他事情，离开

了工地。调皮的猴子坐在木板上，背向木楔，尾巴自然也就掉落在木板两缝之间。它学着木匠干活，不料，猴子弄脱了木楔，锯缝合拢，夹住了猴子的尾巴，疼得它哇哇乱叫，几乎昏死过去。木匠转了回来，看到猴子那个窘态，心里觉得好笑，但他还是痛打了猴子。"

笛木乃讲道："你刚才讲的故事，我已知道了。但是我要对你讲的是，凡是接近国王的人，并非是为了混饱肚子，而是另有目的，它想凭借国王之权威，炫耀自己，荣耀于朋友，使仇人畏惧。

"现在社会上有那么一种人，在事业上稍微有了一点成就就扬扬得意，不可一世。这种人就像狗一样，它从主人那里得到了一块骨头，就心满意足了。至于有远大志向的人，决不会为蝇头小利计较，而是要得到更大的利益。正像一头狮子，他原本是想捕捉一只小兔。正好它看见了一头骆驼，便舍弃兔子而去追杀骆驼。再说一个人，生活在这个世界上，没有远大理想，一天忙忙碌碌，只图混饱肚子，这种人活在世上，还有什么意思呢？"

卡里来说："我已经了解了你所说的。你要知道，每个人都有自己的人生坐标。凡是自己所从事的事业，只要与自己的才能相吻合，就应该知足，不要有非分之想。"

笛木乃说："名誉和社会地位是凭自己的才干得到的。能力强的人，有机会就会步步高升。如果你原来就在一个高位子上，由于能力极差，应付不了千变万化的事，自然而然就会被淘汰。所以说，一个人攀升高位非常困难，但是要跌落下来，那就容易多了。就像一块沉重的石头，将其举上肩是困难的，如果是将其放下来，就显得容易多了。人往高处走，水往低处流。区区一个小位子，哪能满足人们平生奢望呢？"

卡里来问道："你现在有什么高见可以使你的地位高升呢？"

笛木乃答道："我要利用一个机会见见狮王。因为狮

王的头脑现在日益昏庸，朝内出现了许多弊端，狮王都视而不见。这时，我以忠言相谏，说不定会受到狮王垂青，借此飞黄腾达，得到一官半职呢。"

卡里来说："你怎么知道，朝内有互相欺诈的事情？"

笛木乃回答："凭我的直觉和细心的观察。"

卡里来问道："你又不是君王的朋友，又没有对它进行任何服务，狮王不了解你，怎能获得它的信任呢？"

笛木乃答道："一个强有力的汉子，他不习惯担负重担，但他并不惧怕。相反，一个瘦弱的人每天虽然挑负重担子，但在重担子面前就望而却步。"

卡里来问道："做君王的使臣，都要经过一番考查才能接近他。可是你呢？并不是狮王的心腹，怎能达到你做官的目的呢？"

笛木乃回答："你刚才所说的我已了解了，你是一位老实的人，但是你要知道，接近君王并非从单方面进行，而是要竭尽全力，多方面和君王接近，才能达到目的。"

卡里来问道："假如，你已经接近了君王，你将如何达到你所希望的位子？"

笛木乃回答："只要我能接近君王，首先要摸清它的爱好，还要经受住君王施加的惩罚，尽量避免主仆之间发生矛盾。如果你认为君王所提出的要求是正确的，你就尽量满足它，并能投其所好使它高兴；如若君王做了一件不好的事情，你应耐心劝导它，动之以情，晓之以理，以真实感情打动它，说明利害关系。这样长久下去，自然而然，君王会对你另眼相看的，水到渠成，目的也就达到了。我认为，只要君王赏识我的能力和才干，它必定会重视我，亲近我，何愁得不到一官半职呢？"

卡里来说："你要是这么说，我还是为你担心的，接近君王危险时时存在。俗话说得好，三件事情一般人不会去做，只有愚蠢之人才肯去尝试。一是接近君王，二是将秘密透露给女人，三是服下毒药。有学者常把君王比成陡峭的高山，山巅之上有珍贵的珠宝、野生的果实、治病的良药，也有毒蛇猛兽，攀登它是困难的，居住在高山之巅更危险。"

笛木乃说："你说的一点儿不错，如果一个人不冒点风险，美食、良药、奇异珍宝怎能获得呢？格言说得好，不入虎穴焉得虎子。不担点风险，怎能达到目的呢？要是畏缩不前，没有大行动，又怎得到大成功呢？"

"做好三件事情，如果没有自我牺牲的精神，事情是不会成功的。一是侍奉好君王，二是驾驶好大海里行驶的商船，三是要有拼命的精神。学者们说得好，崇高理想，只为两种人所拥有，一是侍奉君王的人，二是出家的修道士。最让大象羡慕的是两种工作，一是做自由自在的野象，二是使自己成为君王的坐骑。"

卡里来说道："祝你如愿以偿。"

于是笛木乃前去拜见狮王，并向狮王祝福问好。

狮王问道："它是谁呀？"

侍从答道："它是某某人的儿子某某。"

狮王问："你的父亲我曾相识，你现在住在哪儿？"

笛木乃答道："我是狮王你的门房，我多么盼望着效忠你狮王呀！因为狮王的事务很多，不能事事躬亲，还需一些小人物办理。一件微小的东西，看起来不太起眼，如若慧眼识宝，在某些空间里，就需要小物件填补，而它就起了很大作用。比如一个小木柴棍，也许有人掏耳朵时就需要它。"

狮王听了笛木乃这席话内心很惊讶。狮王认为这是笛木乃向它直谏忠言呢，便有意留下它供职。狮王说："有志之士不能久居人下，总有一天会有出头之日，就像升腾的火焰，无论你如何压制它，它总要上升的。"

笛木乃聆听了狮王的话，知道狮王对它备加赏识，于是就趁机说："我们作为狮王的臣民，个个都期盼着表现自己的才华，战士与战士比较，学者与学者比较，能干的人，不求数量，而求质量，少而精，对事业来说大有好处。比如，一个人整天搬运沉重的石头，结果却毫无用处，但取宝之人，只要从石头中发现宝贝，它的作用就价值连城了。一幢建筑物，需要用木材的地方，你却用上了许多竹竿，它是无济于事的。这是愚蠢之举，害苦了自己。狮王呀，一个有才华的小人物，你可不要轻视它，有朝一日，它会成为国家的栋梁之才。"

兴高采烈的笛木乃在众人面前竭力宣扬自己，以便让人们知道，今天它将要有一个职位，全凭自己的才干获得的，这与父亲是否认识君王毫无关系。

笛木乃说道："君王提拔一个人，绝不是看先辈们脸面；同样，君王不任用一个人，也不是因为这个人的祖先疏远君王。英明的君王任用一个人，应着眼于它的才干，就像一个人，没有什么物体比人的身体更接近自己了，如果这个人的身体受到了疾病的伤害，就必须使用药物治疗，这样你的病才能痊愈。"

笛木乃的论述，令狮王感到很痛快，它以最美好的语言赞美了笛木乃。从此以后，笛木乃就很主动地亲近狮王，而狮王也把它当成自己的亲信，有事就让它做，有话就对它说。

一天，笛木乃对狮王说："我看见你住在深宫，也不外出打猎，这其中必有什么缘故吧？"它们正在谈论时，忽然听到了黄牛哞哞的叫声，狮王显得有些惊慌，但有碍于笛木乃在面前，狮王故作镇定，不愿意让其觉察出自己惊慌失措的样子。狮王如此表现，并未逃过笛木乃的眼睛。于是，笛木乃问狮王："刚才你对听到的声音感觉如何？"

狮王答道："从吼声中判断，必定有一庞然大物，时时在威胁着我的安全。我得守护宫殿，这就是我不外出走动的原因。"

笛木乃说："请狮王不要惊恐，这种声音没有什么可怕的。有许多东西，虽然听起来声音很大，但它不一定有什么力量。正像那面大鼓一样。"

狮王问道："那面大鼓是怎么回事呢？"

笛木乃答道："有一只狐狸在丛林中来回走动。远处树枝上挂着一面大鼓，风吹树动，来回摇动的树枝敲打在鼓面上，发出咚咚咚的声音。狐狸寻声窥探，发现树枝上有一庞然大物，狐狸想，既然此物庞大，身上必定有大块肥肉和厚厚的脂肪，于是迫不及待地扑了上去，撕开了这面鼓。出乎意料，里面是空的，什么也没有。狐狸诧异道：'天下无奇不有，庞然大

物，声振九霄云外，怎么里面是空的呢？'"笛木乃接着对狮王说道，"刚才你听到的那种声音，虽然有些可怕，如若让我目睹一下，恐怕它不会有什么了不起的。若是狮王愿意，就派我前去打探。请狮王放心，等我观察之后，再向你汇报。"

狮王觉得笛木乃讲的话有道理，于是就派笛木乃完成此项任务。

当笛木乃离开王宫后，狮王又考虑了一番，认为派遣笛木乃完成此项重大任务有点儿不妥。一位宫廷侍卫，过多地知道了狮王的机密，会对自己不利的。它浮想联翩，对派遣笛木乃一事总是放心不下，它担心笛木乃是与每天高声喊叫的庞然大物一起，是一个比它更强有力的君王合伙的同谋，企图谋害它。

狮王想到这里，心中十分恐惧。它站起来决心离开这

个地方，暂避一时的祸害。它刚走出门，就迎面碰上了笛木乃。从此，狮王心中一切疑虑烟消云散了。狮王重新回到王宫，笛木乃也跟了进来。狮王开口问道："你看见了什么？"

笛木乃答道："是一头黄牛，成天喊叫的就是它。"

狮王问道："它的力量如何？"

笛木乃答道："黄牛没有什么力量。当我接近它，想攀谈几句时，黄牛没有什么反应。"

狮王说："你不要被它表面现象所欺骗，不要小看了它。我告诉你，黄牛正像一股吹来的大风，它对地面上的小草毫无办法，对高大树木，会产生巨大威力，一阵狂风过去，可以吹断一片树林。"

笛木乃说："请狮王放心，你没有必要将黄牛放在心里，也不要惧怕它。你瞧我的，我虽然这么弱小，但我有勇气将它带来拜见你，并让它服服帖帖做顺从你的良民。"

狮王提醒笛木乃说："你前去可要小心哟，脑子要灵活，见机行事。"

笛木乃又到黄牛那里，它大模大样地对黄牛说："请你不用害怕，狮王派我来，让我带你去见它。对狮王的命令你要尽快执行，它对你以前不去朝拜它的过错既往不咎；如若你迟疑不动，我是奉命办事的，我只好迅速返回，将你的表现如实反映给狮王。"

黄牛问道：
"派你来的狮王是
谁呀？它住在哪
里？它的情况怎么
样？"

笛木乃回答：
"它是兽中之王，

我们现在居住的地方就是它的国土。它统帅着数十万英勇
善战的军队。"

当黄牛听到狮王有军队时，确实有几分惧怕。它说：
"若是你能负责我的安全，我会随你见狮王。"笛木乃
说："我会为你担保，决不会有意外事情发生。"于是，
它们约定了时间，黄牛和笛木乃同去觐见狮王。

狮王见了黄牛十分高兴，主动亲近它，问道："你是
什么时候来到这个地方的？从事什么职业？"黄牛听了狮
王的问话，便将自己的经历一一做了回答。狮王说："你
就长期住在这儿吧！我会照顾好你的。"

黄牛非常感谢狮王，并为它祈祷祝福。

从此以后，狮王就主动地接近黄牛，视它为最亲密的
朋友；而黄牛也很勤劳、朴实，忠诚地回报狮王。黄牛的
这种高尚品德逐渐地赢得了狮王的信任，所以黄牛在朝中
地位也得到了高升。事无巨细，狮王都会和黄牛商议，黄

牛从此做了狮王的大臣。

笛木乃将这一切看在眼里，心中大为不满，认为，黄牛官运亨通，不费吹灰之力就受到狮王的宠爱，真叫人不可思议啊！

笛木乃嫉妒成性，甚至到了不可收拾的地步，于是它前去会见了它的好友卡里来。

笛木乃对卡里来说："好友呀，我告诉你一件奇怪的事情。当初我为了狮王的利益，忽略了自己，我竟把黄牛举荐给了狮王，从此黄牛便飞黄腾达了。它现在的权力、地位都居于文武大臣之上，而我也成了它的部下。这件事情的出现，使我心中无法平衡。"

卡里来说："你说怎么办，请你告诉我你现在的想法是什么？"

笛木乃答道："我不异想天开，也不去做什么大官，我唯一的希望是狮王恢复我原来的职位。"

卡里来说："黄牛受宠，这对你来说并没有多大坏处，你又何必斤斤计较呢？"

笛木乃说："我的好友呀，我郑重地告诉你，有六件事情可招致君王的不幸。一是远贤，就是远离贤明之人，对那些文韬武略、才华横溢的贤达人士不起用，而是重用那些三教九流之徒，这样下去对国家有害无益；二是祸害，就是发动战争，给平民百姓带来空前的痛苦和灾难；

卡里来和笛木乃

三是纵欲，就是不务正业，游手好闲，吃喝玩乐，好色淫乱；四是粗暴，就是目无法纪，动手动脚，仗势欺人；五是天灾，就是荒年，庄稼颗粒无收，哀鸿遍野，人畜死亡，五谷受害；六是乱法，就是目无法规、违法乱纪、好坏不分、赏罚不明。"

笛木乃继续说："狮王过分宠爱黄牛，必然给国家带来不良后果。"

卡里来说："你可不要小看黄牛，它手下的人比你多，力量比你大，又得到了狮王的喜爱，恐怕你奈何不了它。"

笛木乃答道："事情的成败取决于人的智慧。格言说得好：'智者取其谋，愚者取其力，怯者取其慎。'世界上有许多小人物，用其智谋取得了成功，这是屡见不鲜的，而那些庞然大物在小人物面前，也会束手无策的。难道你没有听说过，弱小的一只乌鸦用它的智慧杀死了一条黑蛇的故事吗？"

卡里来问道："那是怎么一回事呢？"

笛木乃便讲了下面的故事：

乌鸦杀死黑蛇的故事

在高山之巅生长着一棵大树，老乌鸦就将它的家安置在这棵大树上。山下有一个洞，一条黑蛇住在里面，每当老乌鸦孵出小乌鸦时，黑蛇就爬上树，将其吃掉。老乌鸦对自己的遭遇非常痛苦。怎么办呢？一人莫过二人智。于是老乌鸦找了它的好友胡狼商量此事。老乌鸦说："我决心已下，决定除掉黑蛇。"

胡狼说："请你告诉我，黑蛇那么强大，用什么办法对付它呢？"

老乌鸦答道："当黑蛇睡觉的时候，我进洞啄了它的双眼，使它看不见东南西北，从此，我孵出的子女，再也不受它的侵害了，我也无后顾之忧了，可以安居乐业了。"

胡狼说："你的办法并非良策，我们应该想一个更好的办法，既能除掉黑蛇，还能保护自己，那才是万全之策呢。我提醒你，绝不要像鹭鸶杀螃蟹那样笨拙，螃蟹没有杀掉，反而被它所害。"

老乌鸦问道："那是怎么一回事呢？"

胡狼答道："鹭鸶居住在水草丰盛、鱼蟹很多的水塘边，饮食稳定，生活安逸。寒来暑往，年复一年，鹭鸶年老了，没有力气捕捉食物，渐渐地产生了对饥饿的忧虑，整天待在水塘边发愁，不知今后的日子该如何过。正在闷闷不乐之时，一只螃蟹从它前面经过。它看到鹭鸶忧伤的样子，便有意接近它，问道：'鹭鸶先生，我看见你满面愁容，有什么难处？请告诉我，我会义不容辞地帮助你渡过难关的。'

"鹭鸶说：'我怎么不发愁呢？我从小生长在这里，以捕鱼为生。今天我看见两位渔翁经过这里，其中有一位渔翁说，这个水池鱼很多，我们就在这儿捕捞吧。另一位渔翁说，经我察看，前边水池的鱼比这儿更多，我们先去前边，将鱼捕完了，再返回来，将这边的鱼一网打尽。我听到了他们的谈话，若把鱼儿捕捞完了，我今后的生活该怎么办？站在一旁的螃蟹立即将这个坏消息报告给了鱼群，鱼儿们甚是惊慌，它们纷纷游到鹭鸶那里寻求一个自救办法。'

"鹭鸶说：'渔翁那么强大，我没有办法制止他们，我想到了一个最好的办法：你们搬迁到另一个大水池去，那里有你们的同类，有水草，有芦苇。我认为那个大水池是你们最理想的生存之地。'

"鱼儿们经过讨论之后，一致同意搬迁。如何去？这对鱼儿们来说是个大难题。于是，它们向鹭鸶提出了一个

要求：'鹭鸶呀，如果我们得不到你的帮助，迁移的事情是完不成的，我们的安全也得不到保证。'

"它们约定，每天由鹭鸶带两尾鱼搬家。这一错误决定，可给鹭鸶带来了好处。它每天来到水池边，带走两尾鱼，

在飞翔之后，就降落在附近一个小山丘下，安然地饱餐一顿。每天如此，从不间断。

"一天，鹭鸶又来到了水池边，带两尾鱼搬家。正巧，一只螃蟹来到了鹭鸶身边，它说：'鱼儿们搬走了，这里很荒凉。如果渔翁来了，我也在劫难逃，我也想到那个水池里去，辛苦你把我带走吧。'

"鹭鸶欣然同意了。它带着螃蟹飞起来，当它们临近那个小山丘时，螃蟹看到了一堆一堆的鱼骨头，此时，螃蟹猛然醒悟，心想，上了贼船，中了鹭鸶的诡计，恐怕在劫难逃了。就在这个紧要关头，哲人的话提醒了它：假如有敌人侵犯自己，无论你抵抗，还是不抵抗，它总是要伤害你的。想到这儿，螃蟹决定要全力以赴，与鹭鸶相拼，就是死了也是光荣的。

"螃蟹来到小山丘，就利用两个锐利的前夹，狠狠地夹住鹭鸶的脖子，再用力转动，刹那间，结束了鹭鸶的性命。

　　"螃蟹脱险之后，立即返回了水池，将鹭鸶的阴谋报告给了鱼群。"

　　胡狼说："今天我为你举这一例，说明你所采取的方法不对，不但收效甚微，而且会丧掉性命。我现在给你指教一种办法，如果使用恰当，必定除掉你心头之害，而对你本身也没有丝毫危险。"

　　老乌鸦说："你有什么办法请赐教于我？"

　　胡狼说："你现在展翅飞翔于高高天空，两眼四处张望，如若发现有妇女的装饰品放在地面上，你就趁机飞下去，把装饰品衔住抢走，然后你就慢慢飞行，让人们追随你，把他们引向黑蛇居住的洞口，再将装饰品丢下去，你想，这时候，黑蛇能逃脱人们对它的惩罚吗？"

　　老乌鸦听了胡狼这一番议论，觉得有道理。于是，它立即飞上天空，高高地盘旋在云彩之上。突然，它发现有一个贵妇人正在屋顶上沐浴，她的衣物、装饰品就放在一旁。老乌鸦认为机会来了，就毫不迟疑地冲了下去，抢走了贵妇人的珍贵物品。得手后，它有意飞得不高，地面上的人们都能看得到它，一起向它追来。老乌鸦把人们引向黑蛇洞口，才将珍贵的物品丢了下去。当追随的人们拾起物品后，发现了一个洞，洞里还有一条黑蛇。当然，人们

不会放过它，一齐动手将黑蛇杀掉。

笛木乃说道："你要知道，用谋略可以办到的事情，暴力是战胜不了它的。"

卡里来说："假若黄牛有勇无谋的话，你说的话是对的，但是这头黄牛除了它的力气之外还有足智多谋，你如何对付它？"

笛木乃说："确实黄牛文武双全，但它对我的能力和才干是敬佩的，我有一计可以把黄牛除掉，就像小兔子除掉狮子一样。"

卡里来惊讶地问道："一只小兔子能扑杀狮子？那是痴人说梦。如果真是这样，那你就说说小兔子如何干的？"

笛木乃便讲了下面的故事：

小兔子杀死狮子的故事

一头雄狮居住在水草极为丰美的草原中，因为水草肥美，所以吸引了众多野兽来此定居。由于雄狮的横行霸道，野兽们每天都提心吊胆，生怕被雄狮掳去。在这危难时刻，野兽们开会，议定了一个良好方案，决定派代表去见雄狮，向它陈述野兽们的忧虑。代表们说："雄狮阁下，你每天早出晚归在草原上狩猎，十分辛苦，我们有一个两全其美的办法，既能解除你的劳苦，又能使众兽们在草原上安然生活。我们决定，在你午餐时，由我们负责供给你一只牲畜。你认为这个办法可行否？"雄狮听了代表们的话，不假思索地欣然同意了。于是双方履行约言，相安无事。

在一个漆黑的夜晚，一个可怕的消息来临了，因为天亮后，众兽们将要送小兔子给雄狮当早餐。对于这个令它不寒而栗的坏消息，小兔子无法接受，一下子昏死了过去。苏醒后，它的心激烈跳动，无法平静下来。它反复思索，如何拯救自己？这对它来说是一种极大的考验。经过思想斗争的小兔子，终于计上心来，于是它对众兽们说："我有一个好计策，只要你们肯帮助我，今后咱们不但不受雄狮的伤害，而且还有共享太平的希望。"

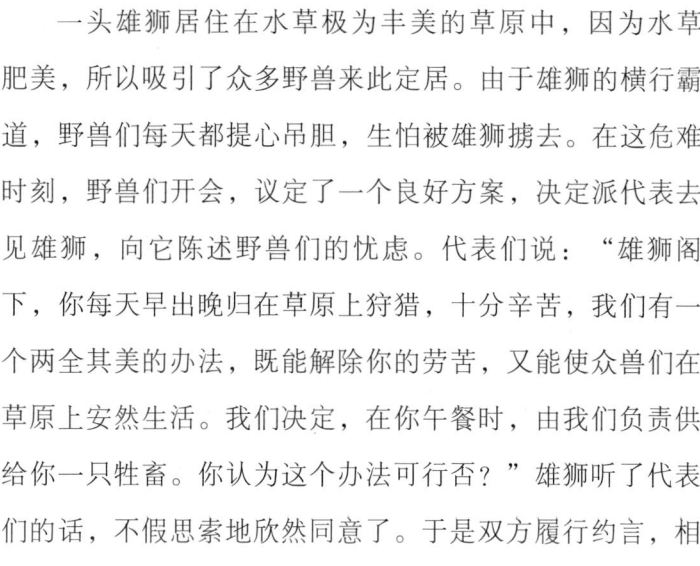

众兽们说："你有什么好计策，请快告诉我们。只要能除掉雄狮，我们会全力以赴协助你的。"

小兔子说："请你们为我选派一名旅伴，我们同去，将我送到雄狮那里。但我有一个要求，在送我的途中必须拖延时间，慢慢地行走，为什么这么做我自有道理。"

众兽们同意了小兔子的主意。于是它们出发了，慢慢地走着，不知不觉已经走了一个多时辰，小兔子估摸着超过了狮子用早餐时间，才独自一人来到了雄狮面前。它看到雄狮饥肠辘辘，知道它饿得难受。雄狮见了小兔子，怒气冲冲，大发雷霆，吼道："你是从什么地方来的？"

小兔子回答："我是给狮王送早餐的，另一只兔子是狮王的早餐。谁能料到，我们在路上碰见了一头雄狮，它蛮不讲理，不等我分辨就抢走了那只兔子。当时，我对它说：'你不要胡来，这是狮王的早餐，众兽们委派我送给狮王的，你不要惹火烧身，不然，狮王会惩罚你的。'这

个大雄狮听了我的讲述，不但不松手而且发怒道：'回去告诉你那个狮王，我才是草原的君主，野兽们都是

我的臣民，有我在此，谁敢称王称霸？'当时，我毫无办法，只好向你禀报。"

雄狮听了小兔子的汇报，怒容满面，大吼道："你立即带我去会会这个不知好歹的家伙，我要与它决一雌雄。于是小兔子在前面引路，将雄狮引到一个水井边。井水清澈见底，小兔子指着水井说："那个凶恶的大雄狮就住在这里。"雄狮来到井边，伸颈一看，果然有头雄狮向它张牙舞爪呢，大雄狮毫不迟疑，纵身一跳，扑到井里，想和那头狮子拼个你死我活。井水很深，狮王难以逃出，便被淹死了。"

自从雄狮被淹死后，小兔子兴高采烈地回到众兽中间，向它们叙述杀害雄狮的经过，众兽们听了后无不拍手称快，赞赏它是足智多谋非常聪明的小兔子。

两位好友经过这次谈话后，笛木乃暂时没有去朝见狮王。时隔不久，笛木乃耐不住又去了皇宫。

狮王问道："怎么长时间没有见到你，都忙什么呢？"

笛木乃答道："但愿是好事情。"

狮王问道："听你的口气，究竟发生了什么事情？"

笛木乃答道："发生了狮王和你的臣民们都不愿意听到的事。"

狮王问道："那是什么事情呢？"

笛木乃答道："是一件非常恶劣的事情。"

狮王说："无论发生了什么事情，你都要如实地告诉我。"

笛木乃说："这话很难开口。只要我一说出口，必定使听者暴跳如雷，而说话者，也再无勇气说下去。狮王呀，你是一位贤明君王，我不愿意给你带来使你不愉快的事情，我相信自己是忠于狮王的，我爱护狮王胜过爱护自己，当我将事情真相说出来，也许你不相信，但是在我心目中，你是百兽们所依赖的君王，进忠言是为臣的责任，如若你不接受我讲的话，我还是要说的，我认为凡是不忠于君王的人，只能说它怀有二心，这种人最终还是害了自己。"

狮王问道："究竟是怎么回事？请你如实告诉我。"

笛木乃说："我最可靠的心腹前来向我禀报，黄牛与它的密友私下谈论：'我以往的经验告诉我，狮王的智慧谋略以及旺盛的精力，大不如从前了，无能力处理政务了，我要趁此机会，在不久的将来与它决一胜负。'"笛木乃继续说，"我听到这个消息才知道，黄牛是一个不忠的奸臣。多年来你对黄牛的关怀无微不至，对黄牛信任到了极点，这位不知好歹的家伙，不但不感恩，反而存在篡夺王位的坏心肠。人们常说，对待心术不正者你不干掉它，就会被人干掉。黄牛是一个伪君子，当你尚未防备，

卡里来和笛木乃

它会先发制人，只有干掉它，你才会有安全感。动物分三类：先知先觉者、后知后觉者、不知不觉者。先知先觉者，可以防患于未然；后知后觉者，遇事不惊慌，想方设法走出困境；不知不觉者，只存侥幸心理，至死不悟。"

狮王问道："此话怎么说？"

笛木乃答道："这里有三尾鱼的故事，可以说明这个问题。一个池塘里有三尾鱼，一尾鱼特别聪明，一尾鱼比较聪明，另一尾鱼是呆头呆脑的。这个池塘在一条河流旁。一天，有两个渔翁从河边经过，看到池塘里有三尾鱼，便商定撒网将鱼打捞上来。

"特别聪明的那尾鱼，听到了渔翁的谈话，非常恐惧，于是它毫不迟疑，立即动身，从河水通道游到河里去了。

"比较聪明的那尾鱼，虽然渔翁的话它也听到了，但它迟迟不动，直到渔翁真的撒网了，它才经过河道往河里游，熟不知为时已晚，这条河道口被渔翁堵死了，它焦急万分，责怪自

己大意，才走到这地步。它想，我不能坐以待毙，只能自救才能免除一死，于是它装作死鱼，漂浮在水面上，时而翻过脊背，时而又翻过肚皮。渔翁见了以为这条鱼死了，顺手从水中拾起，将它抛在河岸上。这时它认为机会来了，便纵身一跳，跳到河里去了，它得救了，幸免一死。至于那尾呆头呆脑的鱼，不但不醒悟，反而还在池子里游来游去，结果被渔翁打捞去了。"

狮王说道："我认为黄牛绝不会有反逆之心，因为我对它没有做出越轨之事，而且我对它倍加爱护。平时，只要它想到的，我都能满足它，从黄牛的本质来看，绝不会对我有二心的。"

笛木乃说："一个人当它的地位尚在低下时，就绞尽脑汁向它的主人献殷勤、表忠心，一旦地位有所提高，它并不满足现状，妄想得到更高的地位，尤其是那些不义的小人物，平时对主人所献的殷勤，只不过是惧怕主人的权威而做，一旦发迹了，有了更高的地位，便不再畏惧，露出本质来。就像弯曲的狗尾巴一样，虽然可以用绳子把它拉直，但等到绳子一放松便又恢复了原状，弯曲如故了。

"狮王呀，你要知道，凡是接受忠告的人，它的负担是非常沉重的，一旦事情发生了，亡羊补牢，为时已晚。做臣子的应该规谏君王行善，去做有益的事情，凡是奉承、诬陷君王的人不是善良的臣子；一件事情的结果很圆满，才算是最好的工作；与丈夫和谐才是善良的妻子；出于哲人之口的言语是美好的赞词，乐于助人者才是情操高尚的人。"

狮王说："你刚才说的话，有点骇人听闻了，进忠言我当然是要接受的，至于说到黄牛，它即便仇恨我，也绝不会有谋害我的心。我量它也没有那种能力。它是吃草的，而我是吃肉的，黄牛只能是盘中餐，只有它惧怕我，哪有我惧怕它的道理呢？笛木乃呀，平素你也知道我对黄牛百般信任，尊敬它、爱护它、体贴它，我没有做出对不起它的事情，我对它是问心无愧的。假如我对它的态度有所改变的话，那我不是成了伪君子，不讲诚信的人？"

笛木乃说："请狮王不要再讲黄牛是你的盘中餐，也不要显露出你怕黄牛，虽然黄牛有着庞大身躯，但也奈何不了你的，不过要警惕的是它唆使别人谋害你。俗话说得好，不知底细的远方来客，务必提高警惕。虽然客人没有害你之心，或许因为它的原因，给你带来了不必要的伤害，就像虱子和跳蚤的故事一样。"

狮王问道："那是怎么一回事呢？"

笛木乃答道："虱子居住在一个富翁的床铺上。每天晚上，只要富翁进入梦乡，它便慢慢地爬到富翁的身上，吸鲜血，生活过得挺安逸。有一天，跳蚤来虱子家做客。虱子对跳蚤说：'远方来客，我欢迎你，就在这儿

住下吧，这里有可口甜蜜的新鲜血液，还有温暖的住所，保证你生活过得满意。'

"跳蚤听了虱子的话后，便安心住了下来。到了晚上，富翁刚一上床，尚未进入梦乡，跳蚤便迫不及待地咬了富翁一口。富翁翻身坐起，立即命令仆人寻找害虫。即使翻来覆去地找，只发现了虱子，用手一捏，虱子便血肉模糊了。跳蚤看到了虱子的这个惨状，就迅速一奔一跳逃之夭夭了。

"我给你举这个例子，是让你知道，恶人即使它没有能力害人，但所产生的恶果，是由它而来。狮王虽然不怕黄牛，但是对你的臣民们可不能小看，它们已受到了黄牛的蛊惑，开始仇视你了。"

笛木乃的这一席话，深深打动了狮王的心，狮王询问笛木乃："事情已经发展到了这个地步，你看怎么办？"

笛木乃说："被虫蛀了的牙齿咀嚼食物，总是给人带来痛苦，还不如拔掉它。肚中的朽物，只有排掉它，才感到一身轻松。凡是仇恨你的人，只有除掉它，才能消除你心中的隐患。"

狮王说道："我现在很讨厌黄牛了，也不愿意接近它。我委派你见黄牛，告诉它，它是一个不受欢迎的家伙。"

此时此刻，笛木乃也不愿意狮王见黄牛，它知道，一旦狮王和黄牛见了面，彼此直接交谈，那时候，自己的阴谋会暴露无遗的。因此，笛木乃对狮王说道："现在驱赶黄牛为时过早，因为黄牛一旦知道了狮王要惩罚它，必定会做好同你斗争的准备。你作为堂堂君王，要惩罚一个人，必须宣布它的罪状，有罪必须受到惩罚，这样做才是公正的。"

狮王说："我现在没有拿到确实的证据，轻率处罚一个臣子，那不是贤明的君王。"

笛木乃说："狮王既有这样的看法，我要提醒你，不要放松警惕，要有充分思想准备，防止中了它的诡计。如若它来拜访你，你要注意它的神态，如果它站在你面前，心神不定，四肢发抖，东张西望，面目有异样，你要做好准备，黄牛可能向你发出进攻的。"

当笛木乃进行了这一系列卑劣活动之后，它深信狮王对黄牛已有了看法，同时对黄牛的不忠也有了心理上的准备。于是，笛木乃迫不及待地向狮王提出了一个请求：自己去会见黄牛。其目的是观察黄牛动向和言行，从而进一步探出黄牛的一些秘密，到了那个时候再向狮王如实汇报。狮王允许了笛木乃的请求。笛木乃佯装愁苦的样子来到了黄牛的居所，黄牛见了笛木乃表示欢迎。

黄牛问笛木乃："好久没有见你了，是哪一股风将你吹到这里，你一向可好？"

笛木乃答道："我的命运掌握在别人手中，处处都要受人约束，哪有个人的自由呢？我告诉你，我的处境十分艰难，时刻都处在危险之中。"

黄牛问道："发生了什么事情，能告诉我吗？"

笛木乃答道："唉，一言难尽。在君王面前做事要倍加小心，否则丢了性命，还不知自己犯了什么错误。"

黄牛说："听到了你的这些话，似乎你对狮王有怀疑？而我请问你，狮王在哪方面伤害了你，使你说出如此怨言？"

笛木乃答道："我对狮王已经产生了怀疑，但是，你要知道，我的怀疑并非是为了自己。"

黄牛问道："那是为了谁呢？"

笛木乃答道："我们之间的关系并非一般，我对你是负责任的。记得当狮王派我会见你的时候，我们之间曾有过协议和盟约，你的安全由我负责，所以我不能失信于你，唯恐你遭到不测。现在我所担心的事情终于发生了，我把平时听到的和见到的有关加害你的事情告诉你，以便你心里有个准备。"

黄牛问道："你听到了什么？请直言告诉我。"

笛木乃说："一位最信赖的朋友告诉我，最近狮王和臣民们闲谈，狮王认为现在黄牛渐渐养胖了，它迟早是盘中餐，有机会宰了它，将肉分了，让大家也饱餐一顿。

我听到这个消息，坐立不安，迅速赶来告诉你，狮王的心变了，它撕毁了以前的协议和盟约。此事，我不能坐视不管，但狮王的权力很大，我无能为力，只好通报于你，对狮王应有所提防。"

黄牛对笛木乃的话信以为真。他想，过去，我曾与狮王笛木乃订过协议和盟约，事过境迁，狮王的背信弃义随时都有可能发生，我没有做过对不起狮王的事情，也不曾得罪过众臣民，这里面必有人作怪，向狮王进谗言加害我。这是它们的一贯伎俩，近朱者赤，近墨者黑。狮王已经被这些人迷惑了，反把善良的人当恶人，把恶人认作善良的君子。这种错误，正像一只呆头呆脑的鸭子，把水中的月影误认为是鱼，煞费苦心地潜入水中捞鱼，结果一无所获。到了第二天，鸭子看到一尾真鱼在水中游来游去，它以为是月的影子不是真鱼，结果放过了捞鱼的机会。倘若狮王听信了谗言，那它就将用对付敌人的办法来对付我了，假若无谗言，是狮王的意志，更教人不可理解。俗话说得好，"讲友谊是双方的"。因为单方面的友谊是没有用的，一方讲友谊，而另一方仇恨它岂不是古今中外罕见的事。再说，狮王仇恨我可能是有原因的，只要我们把话讲明白了，宽恕我还是有希望的，若是无理的仇恨，原谅我就没有希望了。我们之间并没有深仇大恨，在我任职期间，我竭力尽职尽责，大小过失在我身上从未发生过。不过工作时间长了，在某些方面可能考虑欠缺，给大家带来了不便，结果它们在狮王面前进谗言，妄想置我于死地，但是讲道义讲诚信的人，对朋友的失误必须善于思考，是出自有意还是出自误会，找出一个妥善的办法来解决。

现在，狮王确信我有大罪，但是我不知道究竟犯了什么大罪，我苦思冥想，或许是我向狮王进忠言时，词句用得不当冒犯了它，使它耿耿于怀。但我发誓，当我向狮王进谏时，总是背着臣民的，从来没有公开过。

笛木乃说："狮王要惩罚你，它的手段是多样的，它能使你自觉地走上断头台。暴虐之君，它待客的食物，虽然是甜美的，但食物里面却有致人死亡的毒药。"

黄牛说："我最大的错误是与狮王为邻，它是吃肉的，我是吃草的，荤素之间不会长久相处，就像一只蜜蜂一样，它在睡莲花之间飞舞，贪婪地吸吮着娇嫩花蕊的蜜汁，它恋恋不舍，不肯飞走，等到太阳一落，睡莲花的花瓣合拢了，于是蜜蜂就被困死在花瓣里了。贪婪的家伙，它的欲望总是无止境的，越贪越想贪，就像在万花丛中飞舞的苍蝇，甘甜的果实，馨香的花朵，它不尽情享受，偏偏要去吸吮大象耳朵里流出来的脓水，怎奈象耳一扇动，苍蝇就惨死在象耳里面。谁要是向无情感的人讨好，就像在无水无草的沙漠里种植树木，徒劳无益的。向忘乎所以者进言，无异于和死人谈心。"

笛木乃说："无益的话不要再说了，赶快想法拯救自己吧！"

黄牛说："事已至此，我还有什么办法呢？残暴的昏君决意要吃掉我，即使是这种恶不是出自狮王的意志，而是它的侍从阴谋杀害我，我也是逃避不了的，因为奸臣要杀害忠良易如反掌，就像骆驼受害的故事一样。"

笛木乃问道："那是怎么一回事呢？"

黄牛便讲了下面的故事：

骆驼受害的故事

有一只狮子居住在森林中，它的侍从是狼、乌鸦、狐狸。一天，一群骆驼从这里经过，其中有一只骆驼掉队了。它误入森林，来到了狮王住的地方。

狮子问道："你从哪里来？"

骆驼回答："来自某某地方。"

狮王又问道："你需要什么我会满足你的。"

骆驼回答："我是来投奔你的。"

狮王回答："既然这样，你就安心住在这里，这里环境优美，水草丰盛，在我的保护下，你会无忧无虑地生活。"

于是它们共同居住了一段时间，双方都愿意。骆驼心想，恐怕此处就是久居之地了。

一天，狮子要外出狩猎，路上遇见了一头大象。仇人相见分外眼红，双方厮杀了一阵，狮子受了伤，血流不止，狮子回家休息，全身像散了架似的无处不痛。它再也不能外出狩猎了。狼、乌鸦、狐狸一直是吃狮子剩下的食物的，既然狮子不能猎食了，也只好跟着挨饿了。狮子将这一切看在眼里，无限深情地对它们说："自从我受伤以后，你们天天挨饿，无食可吃，真是难为你们了。"侍从们说："我们无所谓，只是我们看到狮王受苦，都感到难受。但愿我们能狩猎到食物，奉献给狮王，或多或少我们也会得到一些安慰。"狮子说："非常感谢你们对我的厚爱，你们就外出走走或许能捕到一些猎物，大家都能享用。"

狼、乌鸦、狐狸告别了狮王，它们背着狮子做了一个决定：骆驼是吃草的动物，对我们来说毫无用处，应建议狮王将其杀掉，作为我们的食物，起码我们能够饱餐几天了。

狐狸持反对意见，它说："杀掉骆驼那是不可能的，因为当初我曾答应保护它，现在让我改变主意违背狮王对骆驼的承诺，这不行。"乌鸦说："狮王如若怪罪下来，由我来承担。"

于是它们一块儿会见狮王，狮王问它们："今天外出捕食是否有收获？"乌鸦说："强壮之人才有力气捕到食物。现在我们饥肠辘辘，四肢无力，就是眼前有猎物，我们也无能为力了。现在我们有一个共同想法。"

狮王说："有什么好的办法，就说出来吧！"

乌鸦抢先说："那吃草的骆驼与我们作伴，它无法与我们相提并论，还不如杀掉它，作为我们的食物，也算是它对狮王的一份贡献吧。"狮王听了乌鸦的建议，斥责道："杀掉骆驼万万不可，你们的想法是非常错误的，假如你们这样做了，我的信义何在呢？你们知道我曾为骆驼承诺过，我要履行诺言，决不能使我成为不义之王。"

乌鸦说："狮王的话非常正确，但是为了挽救一家人的生命，就不应该怕牺牲一个人来挽救全家。狮王挨饿，我们于心不忍，我们再一次向狮王保证，杀掉骆驼，我们秘密进行，绝不会让狮王承担任何责任，我们会采取适当的措施完成此项任务。"狮王听了乌鸦的话，沉默了一会儿。此时的乌鸦好像已经领会了狮王的心思，立即前去告诉两个伙伴，说狮王已经同意了它的建议。

乌鸦说："我有一条妙计，不知可行与否。如果使用了我的计谋，我敢保证，骆驼会自觉自愿献出自己生命的。

"我的计谋是这样的：我们约骆驼一块儿去会见狮王，向它诉说饥饿的痛苦，并表示愿意牺牲自己，让狮王充饥。这时，你们二位也要假惺惺地向狮王申述愿意献出生命。狮王见我这样忠心耿耿，必然得到它的欢心。"

就这样，它们的计策已定，下一步就要实施了。于是它们约骆驼，一块儿去会见狮王。

狮王问道："有什么事情吗？"

乌鸦说："由于饥饿折磨，狮王无力外出捕食，我情愿为狮王牺牲自己。再说，由于饥饿，狮王遭到了不测，那我活在这个世界上还有什么意思呢？我情愿为狮王牺牲自己，请狮王拿我来充饥吧！"

狼和狐狸说道："乌鸦兄弟呀，我们要说的话请你不要见怪，像你这样骨瘦如柴的身体，就是吃了你也无济于事的，也不够狮王充饥的。"

狐狸说："请狮王吃我吧！我是非常情愿的，因为我的身体能够使狮王饱餐一顿的。"狼和乌鸦提出了异议，它们说："你的肉又脏又臭，吃了它会闹肚子的。医生说谁要想自杀就吃狐狸肉。"

骆驼看到它们有如此献身精神很受感动，而且在献身问题上，彼此都进行了辩解，结果一个一个都得到了开脱。我不妨仿效它们去尝试一下，也许他们也会为我辩护使我得到开脱。于是骆驼就向狮王说道："我的肉是新鲜肥美的，因为我是吃草的，并未感染过什么病害。我自愿献身，请狮王享用吧！"

这时，狼、乌鸦、狐狸异口同声地说："骆驼兄弟呀，你自我牺牲的精神值得我们称赞，你为大家献身，是我们永远学习的榜样，请大家动手吧！就让我们感谢骆驼兄弟的美意。"于是大家一起动手，结果了骆驼的生命。

黄牛说："现在我向你举这一例以便使大家知道，狮王下边的大臣们决议要杀害我，对我来说我无回天之力。纵然狮王为我庇护，也是无济于事的，因为它们不断地向狮王说我的坏话，久而久之，就是谎言也会成真实的了。"

笛木乃问道："你现在该怎么办？"

黄牛答道："只有奋力抵抗，别无他法，请问你有什么好办法？"

笛木乃答道："我认为不到万不得已的情况不能轻易使用武力，要以和平方式解决你们的争端。

"我要提醒你，不要轻视敌人，敌人虽弱，但其后面有许多帮手，他们一齐动手，你会遭遇不幸的。狮子那么骁勇善战，你决不可轻视，凡是轻视对方者，它的遭遇就像海鸥一样，时时刻刻处在危险之中。"

黄牛问道："那是怎么一回事呢？"

笛木乃便讲了下面的故事：

海鸥的危险

有一对海鸥在海滩安了家。雌海鸥快要生蛋了，于是它对雄海鸥说："我们应该有一个安稳的家，将来孵出小海鸥的时候，我才能安心，现在我所担心的是潮水一旦猛涨，小海鸥难免被潮水冲走的。"

雄海鸥说："这里地势高，水草又很丰富，你就放心地住在这里吧！潮水不会将我们的小宝宝冲走的。"

雌海鸥说："做事要有远见。万一水怪上来要夺去我们的小海鸥你说怎么办？"

雄海鸥说："凭我以往的经验，这里毫无危险，你又何必多虑呢？听我的话，你就安心住在这儿吧！如若危险来临，我们再迁移也不迟。"

雌海鸥说："你怎么那么固执？难道过去我们所受的磨难还少吗？"雌海鸥说破了嘴，雄海鸥还是固执己见，不愿意搬家。

"不听忠言者总是要吃亏的，正像乌龟的遭遇一样。"

雄海鸥说："乌龟遭遇了什么？"

雌海鸥说："有一个水塘，一对野鸭和一只乌龟生活在这里，天长日久，它们之间有了极其深厚的感情。后来由于天旱，池塘的水逐渐干涸了。因此，野鸭决定搬家，投奔到另一个池塘安家落户，它们走前与乌龟辞行。

"它们说：'乌龟老兄，首先我们祝福你，并希望你在这里快乐地生活，由于天旱、缺水，我们准备离开这里，寻找一个理想之地安家落户。'

"乌龟听了它们的讲话，心中确实有一种难以言表的滋味。它亲切地对二位说：'我本身就像一只小船，在水中游来游去，如果无水了，我无法快乐起来，你们走了，留下我一个人好不寂寞呀！我有一个想法，请求你们带我走吧，只要我们生活在一起，我会感到很快乐。'

"两只野鸭听了乌龟的哀求，欣然同意了它的请求。怎样带乌龟走呢？野鸭想出了一个极为巧妙的办法。它们找到了一根木棍，然后对乌龟说：'我们俩用嘴衔住两端，而你用嘴牢牢咬住木棍中央，这样做，我们就能带你一起飞向目的地。'

"它们嘱咐乌龟在飞行途中，千万注意不能说话，不然将要有危险发生。它们安排好以后就按着计划飞行了。

"沿途野鸭飞得很低。当人们看到天空中出现了这奇妙的现象，便大呼小叫：快来看呀，天空中有一只乌龟被两只野鸭抬着飞行。乌龟听到了人们的议论，非常气愤。它一时冲动，便回敬了一句。乌龟的嘴一张开，就离开了木棍，瞬间由空中跌落到地面，立即毙命。

"不听忠告，图一时痛快，不幸的遭遇就会落在身上。

雄海鸥说："我们不应当怕水怪，假如随着潮水上升，水怪来了，我们带上小海鸥远走高飞。"

雌海鸥说："但愿如此。假如不幸的事发生了，你会采取什么应对措施？"

雄海鸥说："当然要报仇了，我的儿子不能白白被水怪掠去。"

它们正在谈论，不幸的事情确实发生了。随着海水上涨，它们的儿子突然被水怪掠走了。雌海鸥说："不幸的事情早在我们预料之中，现在我们该怎么办？"

雄海鸥说："报仇是我们头等重要的事情，现在我将去飞禽大会那里，将我们遭到的不幸向它们陈述，我希望众鸟助我一臂之力，共同飞向水怪，为我儿子讨个公道。"

众鸟说："凤凰是我们的领袖，不妨我们将此事告诉它，由凤凰决定报仇大计吧。"就这样，它们议定之后，众鸟在紫鹤鸟带领下纷纷飞向凤凰居住的宫殿，由雄海鸥将事情发生的经过非常详细地叙述了一遍。凤凰听了雄海鸥的汇报，同意众鸟为小海鸥讨还公道，于是命令紫鹤鸟向水怪下战书，表示与它决一死战。

众鸟听了凤凰的号令，个个雄赳赳地从四面八方飞来，讨伐这个不义之徒。看到鸟群黑压压一片袭来，孤立无援的水怪狼狈逃窜，急忙将小海鸥差人送还，并提出要与众鸟讲和，忏悔自己，再也不害小鸟了。从此一场风波总算平息了。

黄牛说："我也不愿意与狮王为敌，自打我认识狮王那天起，无论从哪方面讲，我都是尊重它的，我从未改变对狮王的忠诚。事已如此，如今它要杀死我，我不能束手待毙，只好与它搏斗了，说心里话，我还不愿意与狮王决一死战的。"

笛木乃听了黄牛这一席话，思忖，假如黄牛见了狮王还是那样毕恭毕敬，看不出黄牛有谋逆行为，必然对我产生疑心，那我的阴谋会暴露无遗。于是笛木乃对黄牛说："当你会见狮王时，你要仔细观察它的动向。"

黄牛说："我是一个老实人，不会察言观色。"

笛木乃又对黄牛说："你看见狮王蹲在地上，两只前脚抓地，胸部朝向你，两耳竖起，张着血盆大口，露出凶恶牙齿，这时候你要千万注意，这是狮王准备向你进攻发出的信号。"

黄牛说："狮王摆下这般阵势，就充分证明你所说的话是真的。"

笛木乃所扮演的丑恶角色很不光彩，它两面煽动，唯恐天下不乱。

它认为离间的目的已经达到，便丢开黄牛找它的朋友卡里来去了。

朋友相见分外亲热，卡里来直言不悔地询问笛木乃："你要的花招，该结束了吧？"

笛木乃回答："已接近尾声，我的愿望即将实现。"

于是笛木乃抱着幸灾乐祸的心情，约卡里来前去观看狮王与黄牛大战。

黄牛会见了狮王，果然不出所料，狮王虎视眈眈地注视着黄牛，狮王摆下这种阵势，正像笛木乃所形容的那样，真叫人不寒而栗。同时，狮王观察黄牛，正如笛木乃所说的一切都在黄牛身上一一表现出来。

狮王并不疑心，它认为黄牛敢于前来，必然是与它厮杀，现在不动手还待何时？

于是狮王毫不迟疑地扑了上去。狮牛之间的战争开始了。战斗进行得非常激烈，一个强攻，一个奋力抵抗，搏斗进行了数个小时，双方都受了伤，黄牛惨遭杀害。

笛木乃的朋友卡里来看到发生的一切后，对笛木乃说："有理智的人，做事必然高瞻远瞩，有成功的把握，才肯去做，否则勉强做了，也是徒劳。我现在确实为你担忧，你是语言的巨人，行动的矮子，你不是同我约定，今后，在你的行动中决不伤害任何人吗？俗语说得好，语言的美好在于履行，而你呢，出尔反尔，让人不可思议。

"聪明的人有了知识，更加谦虚；愚蠢之人有了知识，更加糊涂。有眼睛的人，得到了阳光更加明亮；蝙蝠在阳光下反而更加昏沉了。

"在我的记忆中，仿佛有人曾经说过，'一国之君，虽然廉洁奉公，若是众臣不善良，君王的仁政就不可能实行，贤良人士也不接近他，就像一池清澈泉水，有鳄鱼在池塘里，无论你怎么渴，都不敢去池内取水解渴。'

"笛木乃呀！除你之外，你不愿意让别人接近君王，那是不对的，你的行为也不完全正确。大海之所以称为大海，是因为它有惊涛骇浪；一国之君，之所以称为君王，是因为他有贤达人士拥护。不讲信义，损人利己，好出风头的人，这些作风都不是好行为。我屡次奉劝你，而你呢，置若罔闻，正像俗语所说：'不能直的东西就不要去端正它；不愿意接受教育的人，就不要下功夫去教育他。'如同奉劝猴子的小云雀儿一样。"

笛木乃问道："那是怎么一回事呢？"

卡里来便讲了下面的故事：

小云雀儿劝猴子的故事

有一群猴子居住在深山老林里，在一个风雨交加的夜晚，冻得它们需要火来取暖。它们四处寻找，但毫无结果。

这时，有一只猴子突然发现空中飞舞的萤火虫，它以为是火，便信手将其捉来，放进柴堆里，鼓起腮帮子使劲吹，希望它能燃烧起来，让众猴子取暖。

恰巧，树上有一只云雀，看到猴子的举动，非常好笑。它奉劝猴子，不要干徒劳无益的事情。它说："你们捉来的是萤火虫，而不是火种。"但是猴子们并不接受云雀儿的意见，继续干劳而无功的事情。

可是，这位热心肠的云雀儿不甘心，飞到猴子近旁唠叨不停。恰巧这时有一人经过此地，他知道云雀儿的意图，便对云雀儿说："不能直的东西，就不要去端正它；不愿意接受教育的人，就不要下功夫去教育他。用宝剑砍坚硬的石头，那是徒劳的，不能弯的木头，决不能拿来做一张弓。猴子们不听从你的忠言相告，何必对它们多费口舌呢？"

这只云雀儿并不听忠告，仍然飞到猴子中间，说明萤火虫不是火种。

心烦意乱的猴子们，听到云雀儿一再唠唠叨叨，忍耐不住心中的怒火，一把抓住云雀儿用力一扔，可怜好心的云雀儿来不及鸣叫一声，便顿时毙命，呜呼哀哉了。

卡里来接着说："我和你的关系，也就是这样了，因为你的奸诈。我认为你不会有好结果的。为此，我为你再讲一个故事。"

于是，卡里来便讲了下面的故事：

奸商与憨厚大叔的故事

有一个奸商与一位憨厚大叔合伙外出谋生，途中，憨厚大叔要去方便，在不远处他突然发现了一个钱夹丢在地上，他捡起来一看，里边装有一千第那尔（金币），于是他将此事告诉给了合伙做生意的商人同伴。他们商量，现在有了钱，远走他乡太劳神了，还不如回家，于是他们转身往家乡走去。当二人临近城门口时，他们找了一个僻静的地方，席地而坐准备分这笔钱。憨厚大叔的意见是俩人平分，各自一半。而奸商心怀鬼胎，想独吞，于是他对憨厚大叔说："这笔款不要分开，合在一起最好，留下一些我们所需要的钱，将其余的埋在这棵大树下面，随时需要，随时来取，但是我们必须遵守约定，取钱时，双方同时到场，而且要保守秘密，决不让第三者知道。"

俩人商量完毕，各自取了自己所需要的，将其余的钱全部埋在大树下面。事情完毕之后，二人愉快地进了城。

数日后，奸商违反了协议，他背着憨厚大叔，来到了大树下，把钱全部取了出来。他怕留下挖掘的痕迹，就用树枝扫平地面，如同原样一般。

数日过去了，憨厚大叔对奸商说："我现在需要一些钱，我们共同去取出我们所需要的钱来。"

奸商毫不迟疑，起身同憨厚大叔一同来到大树下。挖开一看，空空如也。这时，奸商痛哭流涕，扇自己脸，一面说："我上当了，你背着我独自一人拿走了钱。"

憨厚大叔发誓，决不会背着商人私自取钱，并开口大骂偷钱之人。这时，奸商越加打自己的脸，声称："除你之外，别人不会知道藏钱之地。"

他们彼此争执不下，只好起诉到法官那里。

法官出庭询问，奸商却一口咬定憨厚大叔取走了钱，而憨厚大叔也据理反驳。

法官询问奸商："你说憨厚大叔取走了钱，有什么证据吗？"

奸商回答："这棵大树，能证明憨厚大叔背着我取走了钱。"奸商在法官面前敢于回答，因为他事先已经做了手脚，让其父亲藏匿树洞中，以便有人问时，可以回答。

法官听到大树能证明，觉得可疑，便带上原告和被告等一班人马，来到大树下，进行察看。法官当众问大树："是谁取走了钱？"藏匿在大树洞里的老头回答："是憨厚大叔取走的。"

法官听了更加可疑，下令取柴火，火烧这棵大树。大火燃起，浓烟滚滚，躲在树洞里的老头呛得直咳嗽，便大喊救命，爬了出来。

法官命令老头讲出实情，老头便一五一十地讲出了儿

子所设计的圈套。众人听了非常气愤，这时，法官下令左
右，重打奸商和老头几个嘴巴，奸商也只好将钱如数归还
憨厚大叔。

卡里来说："我给你举这一例子，说明骗人的人，
终究骗了自己；害人的人，同样，也是害了自己。笛木乃
呀，你已具备了骗子和害人的恶习，你是一个很好的变色
龙，两个舌头，两面造谣，我很担心你未来的结果。甘甜
的水是在入海之前，一个家庭和睦当然是没有坏人挑拨的
时候。你最像有两个舌头的毒蛇，对于养育它的人，难免
被它咬伤。我们应当远离不义之人，说不定有一天灾难会
降临到你的头上。

"狮王那样推举你、尊重你，但结果是你对它实施

了阴谋。你的不义举动，是没有好结果的，就像一只老鼠能吃掉一百公斤生铁、鹰能捕捉大象一样，这种罕见的事情，对你来说也就不稀奇了。"

笛木乃问道："那是怎么一回事呢？"

卡里来便讲了下面的故事：

贪图生铁的故事

某地方，有一位商人，出门营生，它将家中存放的一百公斤生铁寄存在好朋友那里。数日后，商人从远方归来，便到朋友家中取铁，朋友回答，铁全被老鼠吃了。

商人说道："老鼠能吃铁？闻所未闻。"

这位朋友认为商人相信了他的话，心中非常喜悦。而商人呢，就此一别出门走了。

商人在回家的路上，恰巧遇上了这位朋友的儿子，将其领回家中。

第二天，这位朋友来到商人家中问其儿子下落。商人说："那天我从你家中走了出来，见到一只鹰，抓了一个小孩，向远方飞去，鹰抓的那个小孩，恐怕是你的儿子吧！"

那个朋友说："天下哪有那么稀奇古怪的事情呢？鹰抓小孩有生以来，我还是第一次听说呢。"

商人说："老鼠吃掉生铁，鹰抓大象，更是教人不可思议了。"

那个朋友听了商人讲的话，恍然大悟，急忙对商人说："关于那一百公斤铁，是我私吞了，我就照价赔偿给你。我的儿子请你高抬贵手，归还给我。"

卡里来说："我给你举这个例子，就是让你知道，如果你的朋友对你不义，他肯定对待别人就更加狠毒了。如果你的朋友是个骗子，他肯定是个不讲友谊，不讲道德的人。给不知感谢的人送礼物，跟不讲信义的人讲友情，对不愿意接受教育的人进行教育，都是徒劳无益的。和有修养的人交朋友，必然会受到精神的陶冶；同坏人为伍，必然会受恶习污染。香味被风吹过，必然会发出馨香；风吹过臭物后，必然有臭味掠过。

"我说的太多太沉重了，有得罪之处，敬请谅解。"

卡里来说的话，就到这里结束了。

狮牛之战，导致黄牛死亡。狮王回忆当时厮杀时的惊天动地的场面，不堪回首。随着时间的推移，狮王的愤怒也渐渐平息了，它对黄牛的死非常痛惜，一个足智多谋、才华横溢的正人君子，遭到了坏人谗言，却无辜地死去，狮王非常后悔。

笛木乃看到狮王有后悔之意，便撇开卡里来，来到狮王面前说："你做的事情是正义的，杀掉了敌人，去掉了你的心头之患，这是我们值得庆贺的事情，你何必满脸愁容呢？"

狮王说："我之所以百结愁肠，是因失去了一位有才智有谋略的得力谋臣。"

笛木乃说："狮王呀，对黄牛

你没有必要惋惜，因为它时时刻刻威胁着你的王权，果断除掉它，这才是王者的行为，正像为了治病而服用苦药一样，一个人的手指被毒蛇咬伤，他会果断地断其手指，以防毒液传染到全身。"

狮王对笛木乃的话很不以为然。后来真相大白之后，它对笛木乃进行审讯，黄牛的冤案才大白于天下。而笛木乃受到了应有的惩罚——死刑。众兽们听到笛木乃的死讯个个拍手称快。

对笛木乃的审讯

国王达卜舍里姆对哲学家白德巴说："你已经给我讲了有人在两位好友之间造谣生事、搬弄是非，使得这两位多年的牢固友谊遭到了破坏的故事。现在你再给我讲讲笛木乃的情况。自从黄牛遇害之后，笛木乃在做什么，它的下场如何？

"当狮王醒悟枉杀黄牛，审判笛木乃时，笛木乃又如何为自己巧辩开脱罪责的？"

白德巴便讲了下面的故事：

 ## 对笛木乃的审讯

自从黄牛被害后，狮王十分懊悔，感叹自己失去了一位忠心耿耿、办事稳健、足智多谋、毫不懈怠的忠贞谋士，它的资历和才干，当今尚无一人与它相媲美，它奋不顾身地工作，那是因为报答狮王对它的赏识和知遇之恩。

继黄牛之后，老虎也算得上是狮王的亲信。一天夜里，老虎从狮王的御殿前走出王宫回家，路经笛木乃和卡里来寓所时，听到说话的声音，于是它走上前去，听到卡

里来正在责备笛木乃不该在狮王面前进谗言，更不应该诬陷好人，无中生有的谎言致使狮王遭到了不可挽回的损失。

老虎听到这里，已经对笛木乃的罪行有了初步的了解，它耐着性子继续倾听卡里来和笛木乃的谈话。卡里来说："你已经闯下了弥天大祸，欺君之罪必定要受到严厉惩罚，到了那个时候，谁也挽救不了你。过去我们是好朋友，而如今我已清醒地认识到你是一个伪君子，我也不敢再做你的朋友了。现在我要离开你，远走他乡，怕受你的连累。大难即将来临，最好的办法是先行自救吧。"

老虎将它们的谈话牢牢记在心里，它再一次返回王宫，面见狮太后，将卡里来和笛木乃的对话一一向狮太后讲述了一遍，它们彼此约定，不要将此事传扬出去，由狮太后将笛木乃所犯下的罪恶转告给狮王。

当狮太后进入狮王寝宫后，发现狮王长吁短叹十分悲伤，便问道："狮王呀！几天来，我看到你闷闷不乐，愁眉不展，不知为什么？"狮王说："母后呀！自从黄牛被杀后，我一直在责备自己，回忆当初，黄牛忠于职守，效忠于我，我怎能做出那样不明智的事情呢？"

狮太后说："既然有今天的懊恼，何必当初杀了它呢？岂不证明杀黄牛是错误的。请你告诉我，以你的良心而言，杀黄牛是错误的还是公正的呢？"

狮王说："杀黄牛是错误的，我冤枉了好人。"

狮太后说："没有真凭实据，为什么要处黄牛死刑呢？如果泄漏机密不算过错的话，我一定要把这案子的实情告诉你。"

狮王说："泄密只不过是一般过失，不过也不能一概而论，有人犯了大罪，但知情不报者其罪恶就更大了，我深信太后说的话是正确的。"于是，狮太后就将老虎所说的话原原本本地告诉给了狮王，只是不提老虎的名字，为的是保守信义。

狮太后说："在这里我要敬告狮王，作为一国之君，务必要亲近贤良的臣子，它们才是匡扶社稷治世的栋梁之才，疏

远奸佞小人，国家才能兴旺发达，如若听信小人，言听计从，你所治理的国家只能衰败灭亡。"狮王聆听了母后语重心长的教导后，立即召见文武百官，听它的训导。然后下令传笛木乃上殿，笛木乃出现在狮王面前，看见狮王面带愁容，又环顾左右，便大声疾呼："今天发生了什么事情呀！谁使狮王不快乐呢？"

狮太后看了笛木乃一眼，说道："就是你惹得狮王不快乐。在这个世界上，如果你一天不消失，狮王永远不会快乐的。我还告诉你，从今以后，你再活下去，恐怕就不可能了。"

笛木乃说："我也没有犯什么法，此话怎么讲？"

狮太后说："你谋逆不端，进谗言，陷害忠良，以致贤良黄牛受戮，世上的罪过还有比这更大的吗？"

笛木乃说："听太后的一席话，仿佛我掉进了无底深渊，我认为，我的所作所为全是为了狮王，是爱护狮王的忠心表现，难道我做了这些也是犯罪吗？

"刑法是惩恶扬善的法律，把罪恶横加在我的头上，我是无法接受的。我希望狮王对我的所作所为重新进行审查，还我一个清白。"

"我说的这些并非是为自己辩护，我不怕死，就是为了狮王，让我死一百次我也心甘情愿，我对生命也在所不惜。"

文武百官中有一位站了出来，说道："刚才笛木乃讲话不是为了狮王，而是为自己开脱罪责，狡兔有三窟嘛，只有把自己深深埋藏起来，才能摆脱法律的惩罚。"

笛木乃用非常强硬的语言回答道："常言说得好：'虽则为人也当为己'我是非常爱护自己的，听了你的话，知道你是不爱护自己，是嫉妒人的，因为你连自己都不爱护，难道要求你爱护别人吗？像你这样的人，只能同一般禽兽为伍，怎能与各位大人列队出入皇宫呢。"

笛木乃这一席话说得对方哑口无言，只好退回到原处。

狮太后说："你这无耻的东西，到了如此地步，还花言巧语，真是教人不可思议！"

笛木乃说："狮太后呀！您是听了一面之词，我倒霉了，不幸的事情都加在我的头上，人人谗言于我，这对我来说太不公道了。想当初狮王对我们做臣子的总是宽大为怀，我们是在它的大恩大德中度过的，从未有过谗言别人的念头。"

狮太后说："大家都听见了吧！这个恶徒，身负重罪，还假装没有什么事情呢。"

笛木乃说："珍贵的东西，放错了位子，就起不到应有的作用。例如，应该用土的地方却用沙子，用沙子的地方却用了灰。男子穿着女人的衣服，女人穿着男人的服

装，客人自称为主人，大庭广众中说无益的话，恶徒是不通时务的，不通人情的，不能为善的。"

狮太后说："笛木乃呀，你以为花言巧语就能欺骗狮王吗？你这个害人的不义之徒，如今你如何狡辩也逃脱不了法律对你的惩罚。"

笛木乃说："不义之人常常用计谋陷害人，使那些无辜者被冤枉，甚至于惨遭杀害。"

狮太后说："法网恢恢，疏而不漏。你犯下了滔天大罪，还施展一些阴谋诡计，企图逃脱罪责吗？你这个造谣的恶棍。"

笛木乃道："造谣者为了达到某种目的，以谣言惑众为己任。我起誓，我所说的话句句都是真实的。我也没有那种胆量，冒天下之大不韪来欺骗狮王。无罪之人是经得起时间考验的。"

狮太后说："现在到了审判你的时候了，我也不必多言。"说完便起身走了。

狮王下令将笛木乃提交给司法机关，镣铐加身，投入监狱，听候审判。

到了半夜，卡里来得知笛木乃被关押的消息，它念昔日之情便暗中探望笛木乃，卡里来看到当年的好友蓬头垢面，面容憔悴的样子，不由得伤心落泪了，并说道："当初我奉劝你，不要做那伤天害理的事情，你却听不进去，反而变本加厉，一意孤行，挑拨狮王与黄牛的关

系。如若当时我警惕性不高，与你同流合污，同样我也被关进监狱接受法律的裁决。"

笛木乃说："事已至此，我只好接受这个现实吧！不过话又说回来，今世我受到了惩罚，可以免遭后世的罪刑。"

卡里来说："我理解你的想法，你要清楚地知道，你犯下的罪恶是严重的，狮王的惩罚是严厉的，你在脑海里应当有充分准备。"

当它们谈话的时候，被一只豹子偷偷地听见了，把卡

里来责备笛木乃的话以及笛木乃承认自己的错误，都牢牢地记在心中，它想在审判笛木乃时可以站出来作证。

它们的谈话结束后，卡里来执手辞别笛木乃回家了。

第二天早晨，狮太后见了狮王说道："狮王呀！昨天我们所说的话难道你忘记了吗？你作为一国之君，老百姓的事情千万不能疏忽怠慢，我们应当赏罚分明，依法处理各种复杂事务，这样我们的国家才能稳固，老百姓才能安居乐业。"

狮王听了狮太后的话立即召见审判长纳米尔（老虎）、司法官阿萨德（雄狮），然后对它们说："关于笛木乃的案子，务必要慎而慎之，以法律为依据，严密审讯，重证据，不要轻信口供。你们必须将它所说的话，所供的罪行如实呈报与我。"

审判长和司法官领命后，便依法开庭。

法官向诸位讲道："几天来，狮王对黄牛被戮，受到了良心责备，它食不甘味，夜不成眠，这完全是笛木乃一手造成的。我奉命审判这个坏家伙，诸位有知情者，积极揭发它的罪恶，我要奉劝大家，如若知情不报者，法律是无情的，我们就以包庇罪论处。"

另有一位法官接着补充道："笛木乃案情事关重大，我们应站在正义一方，勇敢地揭发它，把它的罪恶暴露在光天化日之下，使它无处藏身。

"狮王对它的臣民是宽仁厚德的，只要犯罪的人承认了自己的过失，痛改前非，悔过自新，就可以得到狮王的宽恕。

"谁知道笛木乃的犯罪事实就积极揭发它，并向法庭报告，以便法庭在判决笛木乃时有所依据，同时也能说明老百姓对犯罪嫌疑人有监视责任。诸位，将自己所知道的就讲出来吧。"

大家听了法官的讲话后，却无一人站起来发言。

片刻后，笛木乃说道："各位，你们为什么不发言呢？不要有所顾虑，大胆地就像竹筒倒豆子那样，将我的犯罪事实摆出来吧。但是，你们要明白对自己言语应抱着负责任的态度，将来在法庭上，我们要对簿公堂的，如若乱说一通，就像医生一样，没有什么好结果。"

大家问道："那是怎么一回事呢？"

于是笛木乃就向大家讲述了下面的故事：

假医生的故事

某某城市居住着一位医生，他精通医理，几十年行医生涯，在当地小有名气，人们称呼他是"妙手回春"的好医生。后来随着年龄的增长，医生视力减退了，两眼昏花，看什么都是模糊的，给以后的行医带来了许多不便。

当地有一位国王，膝下有一位皇太子，不知何故，这位太子突然有病了，国王便下令让名医进宫为皇太子治病，老医生勉为其难地走进了宫殿，经他详细诊断已知太子得了什么病，该用什么药。他对国王说："我的两眼不明不能配药，别人配的药我不放心，这该怎么办呢？"

宫外有人听到了这个消息，便假装精通医术，深知药性，要求进宫为太子治病。国王求医心切，不假思索，便同意了他的要求，并命令他到药库里配药，因为库房里存放着许多药品，假医生不知配哪种药好，于是便胡乱地抓了些，恰巧将能够立刻致命的毒药，也被配了进去。药配完了，便拿给太子吃，药一下肚，太子立刻倒地死亡。

国王知道了实情之后，立刻命令这位假医生也吃他配的那种药，假医生刚吃下去也立刻呜呼哀哉了。

笛木乃继续说："这就是乱说乱做的结果，你们应当汲取教训呀！"

猪首领为了在狮王面前炫耀一下自己，也为了在众人面前出出风头，于是它昂首阔步，走向大家说："一个人的善与恶，从它的形象中完全可以看得出来。笛木乃的祖先是什么东西？它是一位臭名昭著的狐狸精，一直是色情的符号，是勾引、迷惑、欺骗的代名词，这样的人，岂能培养出出类拔萃的后代呢？"

　　"现在我们从笛木乃身上可以找出许多东西来证明它的罪恶。"

　　一位法官说道："猪首领是一位星相学家，关于笛木乃的相貌，我们可以请它来说说。"

　　于是猪首领很得意，便竭力抨击笛木乃，说道："它的面部较长，耳朵呈三角形，尾巴长，毛通常是赤黄色，左眼大，右眼小，眼皮常跳动，鼻尖歪在左面，性狡猾多疑，这种相貌，最恶毒不过了。"

　　笛木乃说道："真好笑呀！像你这个丑态百出的夯货，不自量力，大模大样在众人面前说三道四，你这个里外不是人的东西信口开河，胡言乱语，残害忠良。"

　　"谁不知道你又脏又丑，眼小耳大，四肢短小，浑身臃肿，走路一摇三摆，哼哧哼哧，粗重的喘息声，给人带来不安的感觉。"

　　"你这个没有用的东西，在宫廷里绝不能担任任何职务；即使做一名普通的衙役，你也没有资格。应当建议狮王免去你管理食物的职务，免得你弄脏食物。任何有意义的工作都不适合你去做。"

猪首领说："你刚才所说的话是对我吗？"

笛木乃说道："是的，我说的话专指你而言。你这个丑陋的家伙，人们见了你都会捂鼻而过，你现在还不知羞耻，在众人面前发表你的谬论，请闭上你的臭嘴。"

猪首领听到了笛木乃的话，却无言以对，只好躲在一个角落流泪。笛木乃看见它在哭泣，又继续说道："你现在用不着哭泣，等到狮王知道了你的丑恶，罢免了你的职务，驱逐出皇宫后，那时候才是你真正哭泣的时候。"

有一只流浪狗居住在狮王的辖区内，该狗由于听觉和嗅觉都很灵敏，不久便成了狮王的警犬，它所担任的是侦探工作。自从狮王有了这个得力助手，王国内的大小事情，狮王都了如指掌。

自从笛木乃犯罪事实暴露之后，它的好友卡里来怕受连累，整天惶惶不可终日，由于恐惧过度，突然旧病发作，医治无效死亡了。

一只灰狼与笛木乃有着深厚的交情，在皇宫内干些杂工，也得到了狮王的赏识。有一天，大灰狼去见笛木乃，告诉它卡里来死亡的消息。笛木乃听到这一噩耗，异常悲恸，说道："我要好的朋友先我而去，我今后怎么生活下去。幸运的是我还有你这位关心我的朋友，我现在请求你为我做一件事情，就是在某某地方，有我和卡里来一些积蓄请你给我取回来。"

大灰狼去了一个时辰，真的将许多钱取了回来，笛木乃将一半财物分给了大灰狼，说道："你随时出入宫廷，见多识广，以你的智慧才华，上下说情，将我的案子设法缓和一下，凡是与我有仇恨的，谗害我的那些人，你也设法相劝它们，请他们手下留情放我一条生路。"

第二天早晨，群臣们来朝见狮王，审判官呈上关于笛木乃的审判记录，狮王下令，叫人念给狮太后听。

狮太后听后说："笛木乃这个害人的骗子，它的口供有什么好听的，全是骗人的鬼话。它的诡辩只能蒙骗不明真相的人，至于知道它底细的人，口供更加暴露出笛木乃的肮脏嘴脸。"

笛木乃的朋友大灰狼听了这些话，忙来告诉笛木乃，话没有说完，来人将笛木乃带到审判庭。

笛木乃来到法官面前，审判长说："笛木乃啊！你的情况我们已经掌握清楚了，没有必要追查细问。你可要知道，王国的法律是严肃的，对于你的案子必须继续审问，这样才能显示出法律的公正和无私，我们绝不可以轻率从事的。"

笛木乃抱怨道："你不是一位主持公道的好法官，你不分青红皂白，把一个无辜者拿来审判，这太不公道了。

事已如此，你仍在搪塞我，从起诉我到现在，还不到三天，你就把我送上不归之路，这是天大的冤枉。"

审判长道："执法如山，惩恶扬善，是一个公正法官的责任。你应想一想，你的罪过重大，及早承认，及早悔过，说不定能网开一面，能获得大赦的。"

笛木乃道："法官的语言，往往被那些无知的人奉若神明。我可不然，如若法官在公正一方，它所审判的案子，大家才能心悦诚服，否则含冤负屈，公道无望。"

狮王询问太后："笛木乃所干的违法事情是谁告诉你的。"

狮太后道："事先没有征求人家的意见，当然这秘密我是不能泄漏的。"狮太后说完之后便走了出去，立刻召见老虎，竭力鼓励它道出卡里来和笛木乃的私下谈话。"你这么做，既能暴露出笛木乃的丑恶行径，又能为死难者申冤昭雪。"

狮太后的话打动了老虎，它鼓起勇气，在狮王面前提供了笛木乃的罪证。

豹子听到了老虎出来作证的消息后，也自告奋勇作证，它在狮王面前把笛木乃所犯的罪状全盘端了出来。

狮王说："既然你们两位已经知道笛木乃残害忠良的罪行，为什么不早些站出来作证？"

老虎和豹子同声说道："一个人的证词是虚弱的，只有一个人站出来，第二个也会义不容辞地站出来揭露笛木乃的真相。"

狮王根据两个人的证词，立即宣布笛木乃死刑。

只要读了这篇故事之后，你就会知道，谁耍了阴谋诡计，进行损人利己的勾当，将会受到应有的惩罚。

鸽
子

国王达卜舍里姆，对哲学家白德巴说："你给我讲一讲，有两位莫逆之交的好友，被坏人谗言离间，一夜之间成了相互仇视的敌人的情况。请你再告诉我，一对纯洁的好友，当初他们是如何要好的，在困难面前又如何互相帮助的，最终成为形影不离的朋友。"

哲学家说："明智之人认为友谊高于一切，这是谁也替代不了的，他们互助友爱，互相帮助，就是在极端困难的时候，相互勉励，相互支持。鸽子、老鼠、羚羊和乌鸦，它们的事迹就是明显的例证。"

国王说："那是怎么一回事呢？"

白德巴便讲了下面的故事：

 鸽子、老鼠、羚羊、乌龟和乌鸦的故事

在达海勒城附近常有猎人出没。当地有一棵浓密的参天大树，高高的树枝上筑有一个乌鸦巢，巢内住着一只乌鸦。

有一天，乌鸦外出归来，看见有一位丑陋的猎人在大树下徘徊，乌鸦非常惊恐，思忖：这猎人来这里要干什么？他是来杀我，还是想杀其他动物？

猎人在大树下布好网子，将谷物撒在网内，然后潜伏在附近。

不到一个时辰，老鸽子带领一群小鸽子飞来了，看见这里的食物，就先后飞下去吃谷物，等它们发现在网中时，为时已晚，困在网中无法逃脱。

猎人心里非常高兴，想把鸽子放进已准备好的笼子里，只见所有的鸽子在网内挣扎不安，想逃出羁绊。

老鸽子说道："我们大家都是患难与共的难友，要冷静地处理好现实问题，只要我们齐心协力，互相帮助，劲往一处使，我们会摆脱目前困境的。现在我要大家用力起飞，把网带到空中去，说不定网开一面，我们都能获救。"

猎人看见了这一奇观大为震惊，他认为带网的鸽子飞不了多久就会筋疲力尽，从空中落下来。

大树上的乌鸦看见空中飞着的网鸽，好奇心驱使它也随着网鸽飞了起来。网鸽的命运如何，乌鸦也想看看结果。

老鸽子发现猎人追来，急中生智，便对众鸽子说道："这个猎人一心要捕捉我们，即便我们带网飞到地旷人稀的荒野中，也不会放过我们。我们要动动脑子，摆脱这个恶魔。一起飞向热闹的城市，猎人找不到我们的去向，这样，我们也就安全了。"

老鸽子说："我们飞往某处，那里有一只与我素有交情的老鼠，投奔它把网绳咬开，我们就可以得救了。"

众鸽子同意老鸽子的意见，一起飞起来投奔老鼠。

猎人追了一程，但地上跑的怎能与天上飞的相比呢，只好作罢，转回家去了。

众鸽子展开翅膀，在前面疾飞，老鸽子在后面指挥，霎时，在天空展现出鸽与网搏斗的景况。经过一段时间的艰苦飞行，总算到达了目的地——老鼠的住所，众鸽子一起落到了地面。

动物为了自身的安全，往往将自己的洞穴开挖几个出口，当危险来临时便可以从另外一个洞口逃生。

老鼠也不例外，它的家有一百个出口，以防不测。

众鸽子来到老鼠家门前，老鸽子大声喊叫："吱兰！吱兰在家吗？"原来老鼠的名字叫吱兰，老鼠听到有人叫它，在洞里答道："是谁呀！"

老鸽子答道："我是你的好友金翅·翻子老弟。"

老鼠急忙出洞，看到众鸽子这副惨象，吃惊地问道："你们一向非常精明，怎么落入网中了呢？"

老鸽子回答道："谁知灾难随时伴随着我们，这恐怕是命中注定的吧！"

于是老鼠立马用利牙咬网，从老鸽子开始，老鸽子道："吱兰兄呀！先从其他鸽子开始，把我放到最后吧！"

先救众鸽子，然后再救我，这句话老鸽子不知说了多少遍。而老鼠却听不进去，不顾老鸽子的请求，仍然继续埋头工作，后来，因老鸽子唠叨不停，老鼠才不耐烦地说："你这个人哪，怎么这么奇怪，好像你不愿意脱险，为了别人不顾自己。"

"老鼠兄，你要知道，咬断网绳那是一件费力气的工作，如若先从我开始，你累了，不愿意再去咬捆住众鸽子的绳子，岂不是前功尽弃，一场空吗？反过来说，众鸽子都脱了险，我仍在网中，你能抛下我不救吗？"

老鼠说："如若你在网中我不去救，那是我的过错。今天我的行动，更进一步促进我们之间的友谊。"

于是老鼠竭尽全力，把捆住众鸽子的绳子全给咬断了，大家都脱了险。

树上的乌鸦目睹了老鼠的勇敢行动，心里大为感动，愿意与老鼠交朋友，于是它走到老鼠的洞口，大喊老鼠的名字，老鼠从洞口伸出头来说道："我们彼此之间毫无关系，为什么要交朋友呢？"你是食肉的禽类，我是你捕猎的对象，你怎么论起朋友来了，这是天大的笑话。"

乌鸦道："你说的话一点儿也没错。固然你是我的盘中餐，对我来说吃掉你很容易的，不过，今天因为你的美德，使我大为感动，来自心灵的美比任何事物都高贵。所谓美德，如同麝香一样任凭千层万裹，它的芬芳依然会透露出来的。"

老鼠说："关于我和你乌鸦的矛盾，正如我和猫的矛盾一样，它们是强者，我是弱者，无论我走到哪里，总是受害者，所谓弱肉强食嘛，这是自然规律。这个矛盾是任何人不能化解的。另一类矛盾却是在力量方面相比，它们是势均力敌，如狮子和大象之间的矛盾，不是狮了杀掉大象，就是大象杀掉狮子。如若把烧开的水浇在火上，一定会把火熄灭的。同仇敌相好，如同把毒蛇放在袖子里。聪明人绝不放过可疑的敌人。"

乌鸦说："你说的话我已经懂了。为了我们的友谊，我怀着一颗至诚的心，为什么我们之间不能和睦相处呢？应化干戈为玉帛，而世代之敌使我们之间的关系越来越疏远。我向你表示友爱，是因为你的仁义，要是你不答应我的话，我就不离开你的洞口，不吃不喝一直等到你答应我的要求。"

老鼠说："如此说来，我应该接受你的好意，同你做朋友，我这个人一向是慷慨的，只要是你要求办的事情，我都一一照办，做到来访者满意而归。"于是老鼠走出洞口，站在门口。接着，乌鸦说："既然我们都有一颗善良的心，愿意世世代代友好下去，现在你应该接近我，不要因惧怕而对我产生怀疑。"老鼠说："结交朋友应从道义和利益两个方面去理解，我认为道义之交是纯洁的，利益之交总是以利益为主。为了达到个人目的，他们总是结交一些不三不四的朋友来谋取不义之财。就像猎人给禽兽食物一样，并不是为了施恩，而是想取得更大的利益。我相信你是因为道义对我好的。当然，我也不会以虚假来欺骗你，你要知道，我现在不敢接近你并不是对你有所怀疑，而是对你的同类，它们的见识可能和你不一样。因此，我有几分畏惧它们。"

乌鸦说："既然我们要做真正的朋友，就应该推心置腹地把朋友的朋友也当成朋友，把朋友的敌人也当成敌人。请你放心，我交过的朋友它们对你是有好感的，对于那些来路不明的人，我是不会接纳它们的。"

于是，老鼠听了乌鸦的这一席话，便走近乌鸦，互相握手，互致平安。诚心诚意做了好朋友，从此依依不舍。

过了几天，乌鸦对老鼠说道："我发现你在大马路旁边安了家很不安全，你会常常碰到过路的行人用石块击

打你，这叫人很
不放心。我有一
个要好的朋友乌
龟，它在一个池
塘附近居住，那
里环境优美，池
塘里还有鱼虾和
丰富的食物，我

建议你把家搬到那儿，享受安乐生活。"老鼠说道："我
赞同你的建议，我们现在就搬家吧。"于是乌鸦用它的尖
嘴衔着老鼠尾巴飞向天空，越过高山峻岭，最后飞到了目
的地。

乌龟正在草丛中觅食，突然看到乌鸦衔着老鼠从天而
降，一颗忐忑不安的心咚咚地跳个不停，心想：奇怪呀！
一向视若仇敌的乌鸦和老鼠怎么一起来到这里呢？它正在
想，忽然听到乌鸦的喊声："龟兄呀，你在哪里？"乌龟
慢吞吞地走出草丛应道："我在这里。你从什么地方前
来，好些时间没有见到你了，一向可好啊？"

乌鸦把自己经历过的事情讲给乌龟听，如鸽子怎样遭
难，老鼠见义勇为，救了鸽子等，乌龟听了这些，觉得老
鼠不但有勇有谋，而且还讲义气，真叫人钦佩呀！

乌龟问老鼠："你为何离开家乡来到我这里呢？"

老鼠答道："我的经历非常稀奇古怪，如果你愿意听我讲述的话，请你们坐下来，我就慢慢道来。

"当初，我的家就安在马龙城内一个修士家中，这个修士无妻室儿女，过着独身生活，每天都有人给他送来食物，用餐后便把剩余的食物存放在篮子里，然后将篮子挂在屋内房梁上。我每天盼望修士外出公务，这样我就有了吃食物的机会，待他出门后，我纵身一跳，进入篮子，大吃特吃，吃饱之后，我还把剩余食物扔在地上，以便我的同类可以来这里就餐。

"当修士发现我糟蹋他的食物时，每天都要改变放篮子的地方，想让我找不到。事实上他无论把篮子更换到什么地方，我都能找到。

"某一天，有一位客人来访修士。由于天太晚了修士便留客人住了下来，他们用完晚餐后，两个人就聊天，修士询问客人道：'你从什么地方来，又要到何方去？'

"客人本是旅行爱好者，各地风土人情，以及地方见闻都了解不少。他们谈得很投入，特别对社会上流行的那些稀奇古怪的事情更是他们猎取的好材料。就在这个时候，修士拍了一下手掌。其实他的目的是恐吓我，让我离开篮子，但是客人不知情由，发怒道：'我诚心诚意和你谈话，你却心不在焉拍手来戏弄我。你的这种做法，怎能对得起你的好朋友呢？'

"修士站起来，右手抱胸，对客人表示歉意，请求原谅并解释道：'我拍手是为了恐吓老鼠，因为，每次我将吃剩的食物放进篮子里，它总是要糟蹋一番，而且还丢得满地都是。我拿它真没办法。'

"客人问道：'你家有多少只老鼠，把你折腾得这样狼狈不堪？'

"修士答道：'老鼠倒有许多只，只有其中一只使我一筹莫展。'

"客人道：'听了你的话，使我联想到了一个妇人的故事。她用无壳的芝麻，要换取有壳的芝麻。'

"修士问道：'那是怎么一回事呢？'

"客人说：'如果你愿意听，我就给你讲《妇人换芝麻的故事》。'

于是，客人便讲了下面的故事：

妇人换芝麻的故事

有一天，我住在一个人的家里，吃过晚饭后无事可做，就各自上床睡觉了。在黎明之前，主人对他的夫人说："我要请几位客人来咱家做客，你就准备一下吧。"

夫人道："你也知道，咱家一日三餐都无法保证，哪有那么多东西招待你的客人呢？平时不积累，临时抱佛脚,真叫人为难呀!"

主人说:"你好坏弄点东西出来,把我的面子搁住。至于家里平时有些积累,也不见得有什么好处,只怕像狼的结果一样。"

妇人问道:"那是怎么一回事呢?"

主人道:"有一猎人,时常带上弓箭外出打猎,某天他去打猎,不到一会儿便背了一只羚羊回家。事有凑巧,在回家的路上,碰见了一头野猪,他又张开弓箭,正好命中野猪,但这个野猪带箭追了过来,猎人来不及躲藏,却被野猪咬伤了,后来因为双方受了重伤,都死亡了。

"一只狼因为闻到了肉香味,便远远地跑了过来,它看见了死人、野猪、羚羊并排地躺在地上,便自言自语道:'这三样东西够我吃些日子,先把它们积存起来。至于这张弓嘛,也就是我一天的食物了。'

"于是它就大嚼特嚼起弓来了,不一会儿弓弦被咬断了,弓翻身打了过来,正中狼的咽喉,狼立即毙命。

"从狼的故事中,我们就可以知道,有东西不用,把它积存起来那是无益的,反而有害处。"

妇人道:"我发现咱家还有米和芝麻,你前去请客人吧!我就早早做准备。"

于是妇人取出芝麻,退去壳皮,放在太阳底下晾晒,因为怕雀儿和狗儿一类的动物前来祸害,便叫小孩在一旁守着。由于小孩贪玩，疏忽了看护，结果，来了一只小狗，把尿尿在芝麻上了，妇人知道芝麻弄脏了，不能再用，于是就拿到市场换带壳的芝麻。周围人抱着诧异的目光观看换芝麻的妇人，觉得很蹊跷，这其中必有原因。

客人继续说："你刚才说的那只老鼠，恐怕也有个原因吧！所以才做出同类所不能干的事情。

"请你拿来一把铁锹，我挖开鼠洞，或许能看出其中的奥秘。"

修士急忙找来一把铁锹，交给客人。

老鼠说："当时，我在另一个洞中，听到了他们的谈话，在我的那个洞里有一个麻布口袋，装有一百个金币，我不知谁藏在这里。

"客人挖开了我的家，把金币拿走了，并对主人说道：'今后，老鼠再没有那么大的能量了，因为它仗着金钱之势，便肆无忌惮，来你家任意妄为。'"

金钱这个东西，既能给人以智慧，也能给人胆量。常言说得好：有钱能使鬼推磨。一旦穷困潦倒，人的威风，也就悄然消失了。

老鼠说："到了第二天，我的那些同类们，纷纷来找我，他们说：'平时我们依靠你，现在我们都饿了，请你想方设法，为我们解决生活问题。'于是，我就带它们来到篮子底下，我就用力往上跳，接二连三总是跳不上去，从此，它们对我失望了，便纷纷离开我，还说我自顾不暇，哪里还有力量管我们呢？从此，我深深意识到，贫困是万恶的根源，哪怕是你的亲朋好友，见了面，也把你当作路人对待。

"俗话说得好："穷在眼前无人问，富在深山有远亲。'于是我决心将我镇洞之宝——金币，再重新取回来，

借此，我可以光宗耀祖，恢复我以前的荣耀。深夜，我前去主人家打探，发现修士将金币放在枕边。到了夜深人静时，我再一次窥探，发现修士真的睡着了，只有客人醒着，客人知道我来了，举起手杖迎头打来，我来不及躲闪，挨了一棍子，我身负重伤强忍着剧烈的疼痛，逃了回来。

"过了一段时间，伤势好些了，我并没有吸取教训，因贪心驱使，又去尝试了一次。这次可不得了，客人把我打得遍体鳞伤，昏倒在地，几乎送掉了性命。从此以后，

我觉得万种祸根皆因贪心而来。得一尺，想一丈，永无止境。知足者常乐，知足才能安全。为此，我才从修士家里搬到野外居住。这是我最大的心愿。

"据我观察，聪明的人，只要身心健康，便是最大的快乐。知足为贵，切莫贪心。所谓贪心，就是把整个社会财富给了你，但是你所享受的，只不过是有限的一点，其他东西，对你来说毫无用处。"

老鼠说完之后，乌龟却大谈自己的感受。它说："鼠兄说的话很有意思，我认为夸夸其谈者，倒不如做几件完美的事情。

"一个病人知道治病的方法，但他却不用，那么这个方法对他来说就毫无用处。我奉劝你，不要感伤过去的事，不然的话只能是摧残自己。有道德的人，即使没有金钱，还是受人尊敬的。没有道德的富翁，虽然家财万贯，依然免不了被人轻视。

"金钱如若与恶人做了朋友，如同没有基础的建筑，是不会长久的，智慧才是真正的财富。"

乌鸦非常欣赏乌龟给它们带来的快乐，说道："如今我们最开心的是莫过于朋友们聚在一起，谈古论今，说说各自的见闻，借此增加我们的才干和防患意识。"

乌龟的话尚未说完，突然一只羚羊跑了过来，大家都吃了一惊，纷纷寻找藏身之地。乌龟沉入水中，老鼠钻进洞里，乌鸦飞上树枝。不一会儿，性急的乌鸦飞上天空，四处张望并未发现敌情，于是便把老鼠、乌龟喊了出来。

乌龟胆怯地注视着羚羊说："你渴了吧，请你喝水，我们这里是安全的。"

乌鸦张开翅膀表示欢迎并问羚羊道："你从哪里来？"

羚羊答说："我生活在广袤的草原里，过着无忧无虑的生活。自从几个猎人进入草原之后，打乱了我们平静的生活。他们一天到晚寻找着我们的足迹，追得我们四处逃窜，以至于一有个风吹草动我们就会产生恐惧。今天，我远远地看见了一个影子，以为是猎人又来了，所以慌不择路，逃到了这里。"

老鼠说："来到我们这里，你就不用担心了，这里没有猎人的踪迹。如果你愿意的话，就和我们住在一起，这里水草丰盛，吃喝不用发愁。"就这样，羚羊安心地住了下来。

有一天，乌鸦、乌龟、老鼠在一起聊天，时间长了，就是不见羚羊出现。乌龟说："羚羊每天都按时到这里来同我们聊天，从没迟到过，今天是怎么啦，是不是有什么事情发生啦？"

乌鸦自告奋勇飞上天空，四处查看，果然不出所料，羚羊被一张巨大的网套住了。乌鸦急忙返了回来将发生的事情告诉了老鼠和乌龟。

卡里来和笛木乃

老鼠说：
"救出它是我
义不容辞的责
任。"于是它加
速前进，不一会
儿便跑到了羚羊
受困的地方，它
一面咬断绳子，

一面对羚羊说："平时你是那么机灵，警惕性也很高，
怎么会落入猎人的圈套呢？"

羚羊回答道："命运决定我有这么一次劫难，躲是躲
不过去的，多亏朋友相救，我才能死里逃生，感激之情真
是无以言表。"

乌鸦道："一人有难，众人帮，要说客气话就显得有
些见外了。"在它们谈话间，羚羊看到了龟兄，便问道：
"你怎么也跑到这里来了？万一猎人出现在大家面前，众
兄弟们都有藏身之地，只有你身体笨重，行动又缓慢，我
非常为你担心。"

乌龟答道："你说的话一点儿也没错。但世上难得的
是有个知心朋友，如若让我离开你们，我的内心是很难过
的，没有朋友就等于没有灵魂。"

乌龟的话还未说完，猎人真的出现了，大家赶忙各自

逃命，逃到猎人无法找到的地方。只剩下乌龟了，它还在慢吞吞地一步一步离开出事的地点。

猎人到了跟前，看见网七零八落地散落在地上，心里确实有一种不可言状的滋味。他向四周观察了一下，没有发现什么可疑的东西，只有一只乌龟在慢吞吞地爬行。于是猎人急忙捉住了它并用绳子绑住。

空中飞行的乌鸦把眼前发生的一切看得清清楚楚，它急忙飞回大地，把乌龟被捉的消息告诉给了老鼠和羚羊。它们聚在一起商讨怎样去营救乌龟。

老鼠说："大难不死，必有后福。乌龟虽然受了难，只要好朋友在，我们一定会绞尽脑汁想出办法救出它的。"

羚羊说道："灾难试人心，患难见知己。"

老鼠接着说："我有一计，可救出乌龟。"乌鸦说："你有什么良策，就赶紧讲出来，免得我们在沉闷中煎熬。"

老鼠道："先请羚羊大哥假装成受了重伤的样子，跑到猎人视线可以看得到的地方，再请乌鸦飞到羚羊所处的位置附近，观察猎人的行动。猎人有可能在那个时候，为了抓住羚羊便把乌龟暂时丢下。如若猎人真的追来，乌鸦发出信号，这时羚羊装成一瘸一拐的样子，慢慢地逃

生。一程又一程，设法把猎人远远地引开。这时，我们就可以下手解救出乌龟了。等到猎人未追上羚羊失望而归的时候，乌龟也无影无踪了。"

它们按计行事。结果，猎人未追上羚羊，又失去了乌龟，心里产生了怀疑，认为此地似有神灵相助，从此再也不来这里打猎了。

从此以后，乌鸦、乌龟、羚羊、老鼠在这天赐福地享受着安乐的生活。

敬问读者，在这些弱的小动物面前，你们的感受是什么？它们对待困难，不怕凄风苦雨，而是在逆境中顽强斗争、团结、奋进、忠诚友爱、互相关怀，运用它们的智慧摆脱危险，从一个胜利走向另一个胜利。

猫头鹰和乌鸦

国王达卜舍里姆对哲学家白德巴说："困难时期见忠诚。"

"两位患难之交的朋友的故事，我已听明白了。请你再给我讲讲，企图谋害你的人，无论表面上，装成对你如何的谦恭，但是，绝不能被他的假象所迷惑。虽然阴谋尚未得逞，但包藏之祸心，总是要暴露出来的。"

哲学家说："江山易改，禀性难移。决不轻信敌人的甜言蜜语。一旦受骗，正像猫头鹰遇到乌鸦的情况一样。"

国王说："那是怎么一回事呢？"

白德巴便讲了下面的故事：

猫头鹰和乌鸦的故事

在一座高山之上生长着参天大树，当夜晚来临时，有数千只乌鸦在树上栖居，其中一只乌鸦是王子。大树底部，有一个大洞，里边也居住着许多猫头鹰，它们也有一个王子。

某天夜里，猫头鹰王子率领它的人马，出来散步。本来猫头鹰与乌鸦之间有旧仇，现在看到大树上黑压压一片落满了乌鸦，顿时，猫头鹰萌生了新怨，它们一拥而上，偷袭了乌鸦的住所。乌鸦伤亡惨重，损失不少。

天亮之后，众乌鸦去见王子，向王子说明了猫头鹰袭击的情况。它们说："我们众多兄弟毙命于敌人利爪之下，最危险的是，它们窥探了我们的内部设施。你是我们的首领，应当下定决策，如若敌人再来偷袭时，我们将如何对付。我们是你的臣民，听从你的指挥。为了保卫家园，就是牺牲了我们的生命，我们也无怨无悔。"

王子下令召开军事会议，商讨对敌之策。军团内部设有五位参谋，凡是遇到重大事情王子就要与它们商量。

王子向第一参谋问道："猫头鹰袭击我们，这关系到国家生死存亡问题，你的意见是什么？"

第一参谋答道："如若遇到强敌，我们应退避三舍，不与敌人交锋，保存实力，以利于再战。"

王子问第二参谋道："你有什么见解？"

第二参谋答道："敌进我退，走为上策。"

王子道："如若我们准备不足，一旦战事失利，我们的大好河山就会落入敌人之手。那时候，我们的臣民就会沦为奴隶，受尽敌人的蹂躏，这是多么叫人痛心疾首呀！既然，我们准备与敌人作战，我们就应该有充分准备，集中我们的优势，动员大家深沟高垒，一旦交火，就要给敌人迎头痛击。"

王子问第三参谋道："你的见解又是什么？"

第三参谋答道："我的主张是先派人去敌营摸清它们的底细，如果敌人向我们索取粮食、财物等，我们就满足它们的要求，折钱消灾，共享太平。"

王子问第四参谋道："你对上述的建议有什么看法？"

第四参谋答道："对敌人手软，就是对自己的残忍。一旦议和成功，那后果是不堪设想的。大家知道，猫头鹰是一个贪得无厌的鸟，只有抗战才是唯一出路。"

王子问第五参谋道："你的看法如何？对于上述参谋所提出的抗战、退让、出走等有什么意见？"

第五参谋回答道："准备与敌人作战，先要权衡自己的力量，如果没有充分的准备，没有必胜的信心，决不可开战。俗话说得好：'知己知彼，方能百战不殆。'我们面对的是强敌，一点不能疏忽。威风凛凛的猫头鹰，在我们臣民中，一旦提到它，就畏惧三分。

"首先我们要提高御敌的意识，先发制人，一旦同敌人开战，我们就要视敌人如羔羊，如盘中餐。吃掉它方能除掉心中的大患。

"关于战与和的问题，我认为各有利弊。战争原是最残酷的恶魔，是要死人的，即使你打了胜仗，敌人损失一千士兵，你也要付出八百士兵的代价。聪明的人，为了避免战争，而议和，议和比战争损失小，只不过是财物和劳役两方面的损失而已。

"王子同我商量这件事，我的意见是……"

这时王子领会它的意思，立刻屏退左右，单独同它商议。

王子首先问道："你知道吗？我们与猫头鹰如何产生矛盾的？"

第五参谋答道："这件事情，我略知一二。那时，只因为乌鸦说的一句话，引起了猫头鹰的不满，从而结下了冤仇。"

王子道："那么，请你详细讲讲事情的原委吧！"

第五参谋便讲了下面的故事：

卡里来和笛木乃

乌鸦与猫头鹰的故事

　　从遥远地方飞来了一群白鹤，它们群龙无首，没有王子治理，所以内部一团糟，于是协商，聘请一位猫头鹰做它们的王子。其中有一位年长的白鹤说："家有千口，主事一人。我们早该这样做了。"

　　协商尚未确定，有一只乌鸦从远处飞来，白鹤们看见乌鸦到来，非常高兴地说："我们正在忙着选王子的事情，你是一名德高望重者，为此，我们想听听你的意见。"

　　于是，乌鸦在大家簇拥下，步入会场，然后它说："即便地球上再无其他禽类了，你们也不要选猫头鹰做王子，因为它的名声很不好，是一个不吉祥的鸟。人们常说，夜猫子造访，好事不登门。它昼伏夜出，仿佛是一个小偷，做着不可告人的勾当。

　　"尤其可恨的是，它的愚鲁恶性，深夜发出凄厉的叫

猫头鹰和乌鸦

声，使人不寒而栗。我奉劝你们，以后无论大小事情，均由你们自己做主，决不要让它参与。正如以月亮为王的兔子一样。"

白鹤道："那是怎么一回事呢？"

乌鸦便讲了下面的故事：

兔子的故事

某个地区，是大象的故乡，由于天旱无雨，水流枯竭草木枯萎。大象无水饮用，便去找象王，诉说无水的痛苦。

于是象王吩咐众象们分头去找水源。出去寻找水源的一个大象迅速返了回来，告诉象王某处有泉水，名叫月亮泉，泉水清澈见底味醇甘甜，是大家饮水的好去处。于是象王率领众象群，前去月亮泉饮水。

月亮泉畔，是兔子的家园。凡是大象踩踏过的地方，便一片狼藉，兔子也死伤不少。众兔子面见兔王道："我们的安全受到了大

卡里莱和笛木乃

象的威胁，如何对付大象，请兔王决定吧！"

兔王说："对付大象，我们应群策群力，集大家的智慧才能消除这心腹大患。"

这时，有一名兔子名叫法路士，是一位法学博士，它听了兔王的讲话，便站起来说道："如果兔王愿派我为使臣，我会义无反顾，面见象王，不辱使命。另外，我敬请选派一名兔王的亲信与我一同前往，它可以见证我在象王那里的所作所为。"

兔王道："你是我最信赖的人，我相信你会完成这项艰巨的任务的。

"作为一名使臣，要运用你的才智和自身修养，有礼有节同对方周旋，才能使对方心悦诚服，完成神圣使命。"

使臣来到了象群居住的地方，稍做休息便上山见象王，它说道："象王陛下，我是月亮王派遣的使臣，如若语言有所冒犯之处恳求陛下恕罪。"

象王问道："你奉了什么使命？"

法路士答道："月亮王说自以为凭自身力量欺辱弱小者，那是损

人利己的行为。你以为力量强大，群兽可以俯首称臣，那是你的妄想。月亮王派我警告你，从今以后，不允许你带领群象去月亮泉饮水。否则我们会伤害你的。如果你不相信我是月亮王派来的使臣，就请你随我去月亮泉。"

好奇心促使象王随法路士来到了月亮泉，象王看见月亮王在水中，法路士说："月亮王就在这里，如若你不相信，就用你的鼻子吸水洗脸，然后去见月亮王。"

当象王把鼻子伸入水中时，水面上立即泛起波浪，这时，水中的月亮也在不断地摆动。

象王问道："月亮王为什么走动呢？是不是因为我的鼻子入水，才惹恼了它。"

法路士回答道："是的。"

象王听了法路士的回答，吓得赶快跪拜，并声称以后再也不来月亮泉饮水了。

于是，乌鸦又继续说："不但如此，猫头鹰也会欺骗人。不老实的王子最让人难伺候了，谁要是在它的手底下做事，一定没有好日子过，如同兔子和黄雀一样。"

白鹤问道："那是怎么一回事呢？"

于是，乌鸦又讲了下面的故事：

兔子和黄雀的故事

在我家后院一棵大树下，有一只黄雀在此处安了家，由于我们之间互相友好，彼此尊重，长时间以来都相安无事，后来黄雀飞走了，好久不见回来，有一只兔子就把黄雀的住处占用了。你们知道，我这个人不管闲事，反正黄雀的窝空着，兔子来住，就让它住吧。

过了好久，黄雀又回来了，看见兔子占了它的窝，便对兔子说："这是我的家，请你到别处去住。"

兔子说："这是我的家，我有权居住，你凭什么撵我走，你有证据吗？"于是它们争执不下，最后黄雀说："法官就住在附近，我们请它为我们裁决吧！"

兔子问道："谁是这个地区的法官？"

黄雀道："离海滨不远，有一个夜猫子住在那里，它为人廉洁奉公，日夜操劳修行，从不伤害生灵，它每天的食物是草和一些果类。如若你同意的话，我们就请它来裁判。"

兔子说："果真是这样，我就同意。"

于是，它们一同去见夜猫子。好奇心促使我也跟随它们见见这位虔诚的修道者。

当夜猫子远远看见黄雀和兔子来了，急忙静坐在沙滩上，紧闭双眼，努力控制身心各种活动，假装入定了。黄雀和兔子看到这位虔诚修道的夜猫子，心中非常敬佩。于是，它们静悄悄来到夜猫子面前，向它表示敬意。

夜猫子说："我人老了，听觉也不灵了，是否你再靠近我些，这样，我就能听清楚你们的申诉了。"

黄雀和兔子听了夜猫子的话，索性就靠近了一些。

这时，夜猫子没有审判官司的意思，而是东拉西扯，说些无关紧要的话，以致黄雀和兔子忘记了一切，不知不觉更靠近了夜猫子。于是，夜猫子趁它们不注意就捕杀了黄雀和兔子。

乌鸦说："夜猫子所犯的罪行数不胜数，它有许多不近人情的地方，让它做王子，是不适宜的。"

白鹤听了乌鸦这番话，也就放弃了让夜猫子做它们王子的念头。当时有一只猫头鹰在座，它听了乌鸦的话，非常气愤，当场质问乌鸦："人们都说我们是有益的禽鸟，但到了你的嘴里，我们却成了一无是处的害鸟。我不知道夜猫子什么时候伤害过你们，现在你就这样恶毒攻击我们？不知居心何在？你要知道，刀剑戳破了肉身，经过治疗，还能痊愈；可是舌剑穿到心中永无拔脱之日。今天你的一席话种下了仇恨的祸根，我们与你有不共戴天的仇恨。记着，我们还有见面的机会。"

猫头鹰把话说完，转身就走了，它还把乌鸦的话全都告诉了猫头鹰王子。

　　自从猫头鹰走后，乌鸦对自己刚才所说的话，有点后悔，它想，我不该用那样的话刺激猫头鹰，在大庭广众之中我喋喋不休，表现自己，太有点不自量力了，鲁莽的语言却导致了终生遗憾。

　　当时在座的有达官贵人、社会名流、哲人、智者，它们的见地和学识，比我更好，它们都不像我一样，那样鲁莽，信口开河，它们知道检点，防患于未然，而我呢，却不知天高地厚，不知不觉撒下了仇恨的种子，像我这样的人，岂不是太傻了吗？

　　不假思索，不请教别人，做出那样孟浪的事情，是没有什么好结果的。

　　乌鸦自我谴责了一番，便展翅飞走了。

　　第五位参谋道："关于猫头鹰与乌鸦之间的恩恩怨怨，现在你已经有了初步了解。至于猫头鹰主动袭击乌鸦的事情，我是不赞成的。你知道，我讨厌战争。不过，我有一个想法，彼此之间有了矛盾，可以通过协商，不用武力，而用智慧来达到自己的目的。教士失去羊的故事，就是一个很好的例证。"

　　王子问道："那是怎么一回事呢？"

第五位参谋道："有一位教士，买了一只大羊，前去献祀。他牵着羊，走在通往神庙的大路上，却碰上了几个混混，他们就想方设法夺取这只羊。其中一个混混上前，对教士说：'你牵着这只狗干什么？'另一个混混也帮腔说：'他不是教士，如果是教士的话，怎能牵一只狗呢？'经过混混们三番五次的说教，教士也认为羊就是狗了，也许是卖羊的用了什么法术，于是，便丢弃了羊。而混混们得手后，牵着羊高高兴兴地走了。

"我举这个例子的目的，是想表明，只要运用你的智谋，任何矛盾都可以得到解决。

"王子呀！你现在可以当着大家的面啄我，用力拔掉我身上的羽毛，使我赤身裸体地躺在大树下，然后，你就带着众臣民远走。而我自有办法借机侦探敌情，探听秘密，如果有机会，我就猛攻它们，一战就能取得胜利。"

王子问道："你愿意受这样的痛苦吗？"

第五位参谋答道："为了乌鸦王国，为了王子，为了受欺凌的同胞们，我是非常情愿的。"

王子接受了乌鸦参谋的计谋，便开始实施。之后众乌鸦在王子的带领下，离开了所住的地方，只留下受过刑的乌鸦在大树下呻吟。

一个猫头鹰看见了这只乌鸦的情况，又听到它痛苦的呻吟，就飞快地报告给了猫头鹰王子。

于是王子带领众猫头鹰来到大树下，询问众乌鸦的去向。

乌鸦答道："我是某某，你们询问我的事情，难道你们没有看见我目前的处境吗？它们的去向，我怎么知道呢？"

有一只猫头鹰认出了受刑的乌鸦是乌鸦王子的近臣，是第五参谋，像它这样有地位的人，怎么又受这么大的刑罚呢？

另一只猫头鹰又问乌鸦："把你受刑的始末，详细地告诉我们的王子。"

乌鸦道："当时王子征求众臣子们的意见，用什么办法来对付你们。那时，我也在场，当王子再一次询问时，我便回答道，目前我们的力量不如猫头鹰，它们人多，力量强，我们是不能同它们开战的，只有讲和，也许使我们有一个喘息的机会，如若猫头鹰不同意，王子就带领我们走为上策。和平总比战争强，一旦战争爆发了，受损失的还是我们。我的这些话使众乌鸦不满，它们视我为内奸、叛徒，更为甚者，还给我施行了苦刑，然后它们丢下我飞走了，以后的情形如何，我就不得而知了。"

猫头鹰王子听了乌鸦的叙述便问大臣们："关于这个可怜虫，你们有什么意见？"

一个大臣道："这是乌鸦王子使用的苦肉计，利用这一招来麻痹我们，借机探听我们的虚实。我告诉你们，这个所谓的可怜虫，原来是一个能干的乌鸦，在对付我们的时候，它给乌鸦王子献计献策。今天它落在我们手中，机会是不能失掉的，否则，我们会犯大错误的。

"杀掉它给敌人以沉重打击，我们不养虎为患。如若不采取行动，等它翅膀硬了，羽毛丰满了，到了那个时候，我们就后悔莫及了。"

王子问另一个大臣："如何处理乌鸦你有什么意见？"

臣子答道："我认为，请王子手下留情，没有必要用它的血污染我们的刀。一个放下武器的敌人，自身都难保，还有什么力量与我们作对呢？我认为，放它一条生路，它会感恩戴德的。将来我们有机会利用它的时候，它会全力以赴地为我们效劳，如同商人一样。"

王子问道："那是怎么一回事？"

大臣道："有一位商人，是当地富豪，有万贯家产，但是，美中不足的是他与自己妻子不和睦。有一天晚上，有贼人越墙行窃，那时，商人正在熟睡，只有夫人无睡意，想着自己的心思。突然，看有人进房，她非常惧怕，便起床来到商人床上，靠着他躺下，不料她的这一举动却弄醒了商人，商人便问有什么事，夫人说有贼啊！从此，消除了商人与妻子的隔阂。于是，商人起床对贼人说道：我家的东西，你看上什么就拿什么，就是因为你，才使我们夫妻和睦相处，这都是你的功劳呀！"

猫头鹰王子又问另一个大臣："这个乌鸦该如何处置，你有什么意见？"

这个大臣道："我认为留下它是对的，并且还要以友好的态度对待它。让它真正地感觉到，我们是真心实意地对待它，我相信在关键时刻，它也会真心实意地帮助我们。聪明人看到敌人内部起了矛盾，就说明我们对敌工作取得了成效，如同教士和恶魔一样。"

猫头鹰王子问道："那又是怎么一回事呢？"

这个大臣说："有一个教士牵了一头牛回家，一个盗贼远远跟在后边，想偷这头牛。不久，有一个恶魔也跟上来，想偷教士的牛，他们相见之后，互相道好，各自说明了自己的动机，一路说着，已经跟到教士家里，教士把牛系好，吃过了饭，便上

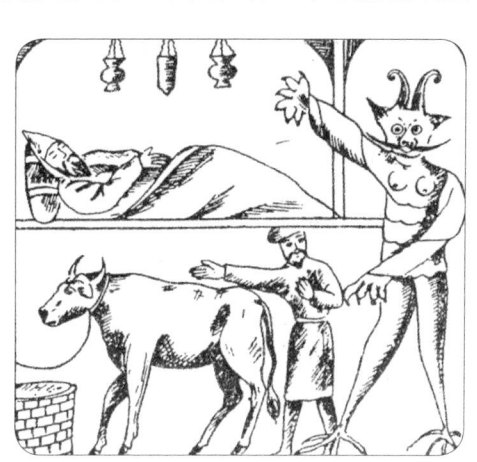

床睡觉了。这时他们讨论谁先下手，盗贼说：'当然是我了，因为牛厩离教士住处尚远，加之我的动作轻便，不会惊动教士的。'恶魔听了以后说道：'不行，还是让我先下手吧！因为，你的动作万一惊动了教士，那不是前功尽弃吗？'

"他们各抒己见，争论不休。这时盗贼说我们都不要忙于下手，等到夜半，教士睡熟后，彼此都能成功。恶魔不放心，还在争执，结果惹怒了盗贼，盗贼喊'恶魔要向你下手了'。恶魔也喊，'盗贼要偷牛了'。喊声惊醒了教士和邻居们，盗贼和恶魔见此状况，也就各奔东西逃之夭夭了。"

主张杀乌鸦的那个大臣道："大家不要因为这个受刑的可怜虫，而去怜悯它，它的欺骗行为难逃我的眼睛。或许有些人因它一时的可怜，说了一些不恰当的话。但是王子你不能接受它们的意见，它们认为耳听是实，眼见是虚，也就是说，有些人不相信眼睛看见的，却相信耳朵听见的。"

王子问道："那是怎么一回事呢？"

那个大臣道："某天夜晚，有一个人独自睡在家中，忽然有几个盗贼闯进屋内，把主人惊醒了。由于主人害怕贼人伤害他，便假装沉睡，一动不动。

"同时，这个屋子有两道门，主人心想，等贼人把偷的东西集中起来，他就从另一道门出去，喊来邻人，就能把贼人赶跑。于是他就躺着等待时机。

"可是贼人已经发觉了主人的计谋，便低声告诉同伙，不用怕，我来骗骗这个主人，贼头大声喊道：'你们这些无用的东西，怎么跑到穷人家里行窃？主人的生活，朝不保夕，穷困潦倒，偷的赃物也陈旧不堪，全是一些不值钱的货。你们赶快把这些东西归还给主人吧，免得我们落下一个贼名。'于是，贼人假装卸下骡子背上东西，放到原处，临走时还声称到富人家去，因为富人的钱财都是穷人的血汗，拿他一份也就够他们享用了。

"主人听了贼人的这些话，信以为真，就安然地睡觉了。贼人揣摸主人已进入梦乡，便转了回来，把那些东西一并带走了。这就是相信耳朵，不相信眼睛的结果。"

猫头鹰王子不听大臣们的劝告，下令将乌鸦带回家中以上宾相待。

有一天猫头鹰王子召集臣民们开会，主张杀乌鸦的那一位猫头鹰也在场。

受刑的乌鸦借此机会向猫头鹰王子说："关于我的事情，你是一清二楚的，如果你不替我报此仇，我死都不瞑目。可是，我是一只乌鸦，手无缚鸡之力，没有多大能量。王子呀！如果你愿意的话，就杀了我吧！我下辈子转成一只猫头鹰，成为乌鸦的死敌，不然没有报仇的机会。"

主张杀乌鸦的猫头鹰说道："这个口蜜腹剑的家伙，你以为几句甜言蜜语就能引起我们对你的同情？这是你的梦想。你刚才的话，就像一瓶气味芬芳的毒酒，闻起来香甜四溢，但它是一瓶毒药。你以为杀掉你就可以变成猫头鹰，那是痴人的妄想，万变不离其宗，你的本质决定了就是乌鸦，绝不会反其道而行之，正如老鼠择夫一样。

"有一位教士，修炼了很久，他的道法，达到了登峰造极最高境界。

"有一天，教士坐在海边，突然看见一只老鹰从远方飞来，它的脚下还抓着一只老鼠。不知何故，这只老鼠从老鹰爪下掉落下来，正好落在教士身边，怜悯之心油然而生，他将老鼠捡起，虔诚祈求把它变成一个女孩，话音刚落，瞬间，老鼠变成了一位漂亮女孩。教士将她抱在怀中，去见一位妇人，并嘱咐她把女孩好生教养，爱她关护她如同自己的孩子一样。

"几年后，女孩长大了，教士操心起她的婚事来。有一天，教士对女孩说：'男大当婚，女大当嫁。你现在不是一个小姑娘了，已到了结婚年龄，请你告诉我，想找一个什么样子的丈夫？'女孩回答：'既然让我选择对象，当然是要有力量的。'

"教士想，当今世界上力量最大的，莫过于太阳了，于是他去和太阳商量。他说：'伟大的太阳呀！我有一个女儿，想找一位有力量的丈夫，你同意和我的女儿结婚吗？'太阳答道：'我告诉你吧！比我有力量的是云，一片乌云过来，就遮住我的光芒，不能照射在大地上。'于是教士又走到云那里替女儿求婚，云说：'比我有力量的是风，大风刮起，说东就东，说西就西，使我飘浮不定。'教士又到了风那儿，风说：'我的力量不如山，再大的风也不会把山摇动。'教士又找山，准备缔结婚约，山说：'比我有力量的是老鼠，它能打通我的肚子，在里边做窝安家，这对于我来说，一点办法也没有。'教士去见老鼠道：'你愿意娶我的女儿做妻子吗？'老鼠回答：'那怎么能行呢？老鼠只能与同类结婚，同人结婚，叫人难以启齿。'于是教士征求女儿的意见，得到她的同意后，再祈求神灵，把女儿变成了一只老鼠，使她恢复了原形。

"骗人的乌鸦，就和这老鼠一样，迟早会原形毕露的。"

受过刑的乌鸦在猫头鹰王子的关照下，身体一天比一天强壮起来，羽毛也丰满了，行动也自如了，对猫头鹰王国内部的机密，它了解得一清二楚。有时候，它暗中飞回，向乌鸦王子提供机密情报。它说："我的第一步计划，已基本完成，下步如何行动，敬请王子决定吧！"

王子说道："虽然你在敌营里受了一些苦，但对保卫乌鸦王国来说，立下了汗马功劳。现在连同我的兵马，都接受你的支配，我把权柄授予你，你就是乌鸦王国的总司令。"

乌鸦说："猫头鹰住在某山的一个山洞里，洞口下边，有一堆干柴，只要我们把火种运去，然后把干柴放在上面，干柴火种接触，大风吹过，烈火就燃烧起来，滚滚浓烟蹿上天空。只要猫头鹰飞出洞口，就会被火烧死；如果还躲在山洞里，也会活活被烟呛死；即便有几个侥幸飞出洞外，也会被众多的乌鸦啄死。"

决策已定，王子便命令众乌鸦照计实行。于是，战斗开始了，煽风点火，经过几个回合的拼搏，结果，把猫头鹰杀得一干二净。从此，乌鸦再也没有什么天敌与它作对了。

乌鸦王子道："你可以告诉我，猫头鹰的智商怎么样？"

乌鸦说："主张杀我的那个还有点头脑，其余的猫头鹰包括王子在内，没什么学识，也没什么见地。它们明知我是有地位的人，它们内部的事情，从不隐瞒我，俗话说得好，所谓王者，从生活起居，到鞍马坐骑，都要有人专管，时时检查。我认为，除了几个亲信外，其他人都应严加防范，说不定在随从当中有奸细，作为它们的内应。"

乌鸦王子道："猫头鹰之所以失败，主要是王子和它的臣相们愚鲁无知，对别人的话，不加分析，容易上当受骗，从而导致猫头鹰王国的灭亡。"

猴子与乌龟

国王达卜舍里姆对哲学家白德巴说："你举的那些例子，我已听明白了。不过，你再给我举一个人的例子，他的愿望是想获得一样东西，费了许多周折，好不容易才达到了目的，但是，出人意料，他的愿望实现了，反而他却被抛弃了。"

哲学家说："目的达到了，比保护它更容易，愿望实现了，而不去很好地保管、爱惜，结果他的遭遇就像与猴子打交道的乌龟一样。"

国工问道："那是怎么回事？"

白德巴便讲了下面的故事：

猴子与乌龟的故事

人们常说，猴子是最灵敏的动物，好动是它的本能。有一只老猴子，它是猴子王国的国王，如今年迈体弱，一天不如一天，猴群中，有一个年轻力壮的猴子，与老猴子过招，交手没有打几个回合，老猴子便败下阵来，从而年轻猴子夺取了它的王位，成了国王。

老猴子无颜在猴群中混下去，便离开了猴群，浪迹天涯，漫无目的地向远方走去。一天，它来到海滨，远远望去，离海滨不远处，生长一种无花果树，它喜出望外，很快地走近树前，心想：这个世外桃源，才是我安身之地。于是它蹿上树，摘无花果吃，无意中，一颗无花果掉落水中，无花果落水的声音让它觉得好玩，它就边吃边丢，从中取乐。

久而久之，丢进水中的无花果越积越多。

老猴子的戏耍，却给水里生活的乌龟提供了丰富的食物。它认为，老猴子做好事，真是难得的大好人呀！于是，它们便成了好朋友，来往密切。

乌龟的妻子独居在家，长时间不见丈夫回来，便忧心忡忡，它担心，怕丈夫整天在外出意外，情急之下，便把心中的忧虑，诉说给了自己的邻居。邻居听了它的话后道：“你的担心是多余的，前天，我还看见它在海滨和一只老猴子玩耍呢，它们不分彼此，称兄道弟，甚是快乐。”

邻居又说，“要想让丈夫回到身边，只有除掉老猴子，你们家才能得到安宁。”

妻子说：“用什么办法除掉老猴子呢？”

邻居答道：“这不难，如果有一天丈夫回来你就装病，待它问你病情时，你直截了当回答：医生说了，药物治我的病无效；只有猴子心，才能医治好我的病。”

不久，乌龟回家来了，它发现妻子一副病态，便急忙问妻子："我离开家才几天，你怎么病成了这个样子？"

邻居听了它们的对话后，急忙替乌龟妻子回答道："多么可怜呀！医生来看过了，只有猴子的心，方可医好你妻子的病。"

乌龟听了邻居讲话，心想：这事就难办了，我生活在水中，而猴子又是陆地上的动物，我怎能弄到猴子的心呢？

于是，乌龟心中一动，便自言自语道："为了她，我就顾不得那么多了，只好从我的好友老猴子身上打主意了。"说到这里，便很快地来到了海滨。

老猴子见到了乌龟，激动地开口道："乌龟老弟呀！什么事情阻碍了我们来往呢？你不会算计我吧！"

乌龟急忙答道："我们是亲如手足的兄弟呀！说算计就有点见外了，再说，你施予我的恩惠我还不知如何报答你呢。"

"现在，我郑重地邀请你，希望你大驾光临寒舍，以便我答谢你对我的恩

惠，也了却了我的一桩心愿。”乌龟继续说，“我的家住在花果遍野的海岛上，你骑在我的背上，我渡你过去。”

老猴子听了乌龟的话，欣然同意了，它从无花果树上下来，骑在乌龟背上，开始了它们的航行。

当航行到大海深处时，乌龟的丑恶面目渐渐地显露出来，它低下头不言不语。这一反常现象老猴子看在眼里，便开口问道：“乌龟老弟呀！我现在仿佛看到你闷闷不乐，你心中有苦恼呢？”

乌龟答道：“是的，我忧心忡忡，因为，我的妻子病了。为此，我对你的敬重，都不能充分表达出来。”

老猴子说：“你对我的敬意，我已心领了。你也不要责怪自己，否则，对你的身体是有影响的。”

乌龟说：“是的，你的忠告，使我受益匪浅。”

就这样，它们边说边谈，又游了一程，乌龟又停了下来，不再继续前进了。

老猴子对乌龟的举动，产生了疑惑，它思忖：乌龟走走停停，这其中必有隐曲；如果它变了心，我会命丧海底，更谈不上有什么安全了。我深信友谊会改变的，它要是对我行不义，我毫无办法，只有听天由命了。人心隔肚皮，相距万道山呀！

人们常说：“智者，在大事面前，千万不能疏忽，即便是亲朋好友，时时要加以考察，事事要加以留心。一言

卡里来和笛木乃

114

一行，一举一动，都要注意，从他们的表现中，你就可以观察出他们的内心世界。"

学者告诫我们，如果你对朋友产生了疑心，你必须果断地处理好此事。若是真有问题的话，可以不受其害；若是没有问题的话，你可以防患于未然。这对你来说没有什么伤害的。古人说：防人之心不可无呀！

老猴子又对乌龟说："什么事情妨碍了你？你好像在自言自语，沉思在苦恼之中呢。"

乌龟回答："我非常欢迎你光临寒舍，但是有一件事情没有解决，使我很不踏实，因为我的妻子病了。"老猴了听到这里，马上回答道："这个你不必操心，你也用不着苦恼，苦恼是无济于事的。现在最好的办法是：急需请高明的医生，外加营养，我相信你的妻子将会痊愈的。常言说得好：'有钱人在使用他的钱财时有四种方式：救助穷人、自己消费、培养子女、供养妻室。'"

乌龟道："你说得很对。不过，医生讲：用药物治不好我妻子的病，只有猴子的心，才能药到病除。"

老猴子听了乌龟的话，好像晴天霹雳，暗暗地责怪自己，年迈、贪心，听了乌龟的花言巧语，钻进了乌龟的圈套。俗话说得好："知足者为俊杰，贪者永远受累，生活不得安宁。"我现在唯一的办法是，运用我的智慧，来摆脱我的困境。

猴子与乌龟

老猴子对乌龟说："在离开我家时，为什么你不告诉我呢？如果早知道的话，我就把心带来了。因为在我猴族中，有一条不成文的规定：我们其中一人外出，探亲访友，必须把心留在家中，为防止看见诱人的东西而产生邪念。"

"你的心在哪里？"乌龟问道。

"我把它放在无花果树上了，如果你想要的话，就带我回去，我把它拿给你。"

乌龟听了老猴子的话，心中十分高兴，它自言自语道："我的这位老相识，真是慷慨、仗义，我没有花费多少口舌，它就应允了，真是天赐良机。"它急忙转过头，向岸边方向游了过去。

当它们接近海滨时，老猴子从乌龟背上纵身一跳，登上了海岸，蹿上无花果树。

乌龟等了半天，有点不耐烦了，便大声高叫："嘿！我知心的朋友，带上你的心，快下来吧！我都等急了。"

树上的老猴子对乌龟说："乌龟老弟呀！你不要痴心妄想了，你以为我同胡狼所说的驴子一样，没有心，也没有耳朵吗？"

乌龟说："那是怎么一回事呢？"

老猴子便讲了下面的故事：

胡狼与驴子的故事

在丛林中，有一头狮子，胡狼作为它的随从，左右不离伴随它。后来狮子得了疥疮，身体非常虚弱，不能捕捉猎物了。

有一天，胡狼对狮子说："兽王呀！近期，我看到你的身体状况一天不如一天，你打算怎么办？"

狮子回答道："这个病，搞得我疲惫不堪，任何药物都无济于事，只有驴子的心和耳朵，才有特殊疗效。"

胡狼说："狮王呀！这件事情好办，某处就有一头驴，它整天给染房主人驮布匹很辛苦，我现在就去带它来见你。"胡狼说着，便离开了狮王，向驴子所在方向走去。

胡狼见到驴便开口道："驴子老兄呀！几天不见，看你消瘦多了。"

驴子回答道："我的主人只知道让我整天干活，但对我的口粮，却克扣得厉害，吃不饱，活又重，当然我的身体就一天不如一天了。"

胡狼问道："难道你就这样忍受下去不成？"

驴子说："即便我逃到天涯海角，也摆脱不了人类对我的压迫。"

胡狼说："跟我走吧！我带你去一个无人烟的地方，那里有水草丰茂的牧场，那里也有你的同类，它们的生活好极了，个个膘肥体壮。你到那里，会安居乐业的。"

驴子听了胡狼的这一番甜言蜜语，按捺不住内心喜悦，急忙说道："如果没有什么困难的话，你就带我去吧！"

胡狼对驴子的请求，喜上心头，于是它俩出发了，向狮子所在之地走去。当它们来到了一个地方，胡狼对驴子说："你就在此等候片刻，我去前边打探一下。"

于是胡狼走进了森林，悄悄地告诉狮子那驴子所在之地。

狮子得到了驴子的消息，振作精神，慢慢地走出森林，来一个冷不防，猛地向驴子扑了过去。可惜呀！力不从心，竟然没有伤到驴子一根毫毛，就这样，幸运的驴子，逃脱了一场劫难。

躲在一边的胡狼，把这一切看在眼里，它很失望地对兽王说："难道你就这样无能呀？"

狮子惭愧地低下头，无精打采地对胡狼说："假如，你再一次把它领来，我决不会让它活着回去。"

胡狼听了狮子的话，似信非信，走出林子，勉强地来到驴子面前，开口问道："你怎么走了，你的同类，看到你是新来的客人，特意出来欢迎你呀！倘若你要镇静一点，它一定要来安慰你，亲热你，还要带你去会见你的同类呢。走吧！不要再迟疑了。"

驴子从来没有见过狮子，它对胡狼的话信以为真，便顺着原路又走了回去。

而胡狼先一步赶到狮子那里，告诉它驴子所在之地，又说："你做好准备吧！我是欺骗了驴子。这次，如若不成功，驴子会永远也不会回来的。"

胡狼让狮子的心再次平静下来，并多次鼓励说："正因为你是兽中之王，决不能将一块肥肉拱手让给别人，成功与否就在此一举了。"

狮子得到了这一番鼓励，精神抖擞，拿出平生力气，见到驴便扑了上去，一嘴咬住喉管，瞬间，可怜的驴子一命呜呼了。这时，兽王对胡狼说："噢，我记起

来了，医生曾经说过，进餐前，必先沐浴，请你给我保管好这头驴，待我沐浴后再来吃它的心和耳朵，余下来的东西，就作为你的口粮。"

狮子走开后，胡狼很快把驴子的心和双耳统统吃掉了。胡狼希望狮子认为没有心和耳的驴子吃它是不吉利的，好全部留给自己，以便独享。

狮子沐浴后回来对胡狼说："驴子的心和双耳哪里去了？"

胡狼答道："倘若驴子有心能想想，有耳朵会听听，在它第一次走脱之后不会第二次再来的，它也不会遭到你的侵害。"

老猴子对乌龟说："上述我所举的这个例子，无非是想让你知道，我不是像胡狼所说的是没心没耳朵的驴子，可是你想谋害我，欺骗我，我也用同样的办法欺骗你，这就叫作以其人之道，还治其人之身！"

乌龟道："你的话说对了。正人君子承认自己的错误，也不怕别人批评，只要对自己的言行负责，那他就是一个真正的男子汉。"

一个人遇到了困难，想摆脱它，唯一的办法是靠自己的智慧，就像一个人跌倒在地上，他扶着地又爬了起来。

这就说明，某人希望得到一件东西，但是成功之后，又不能保持它，拥有它，而自动放弃，是不可取的。

教士和鼬鼠

国王达卜舍里姆对哲学家白德巴说："你举的这个例子我已经听明白了。请你再举一个办事轻率、急躁，不考虑后果的例子。"

哲学家说："事情没有查证之前，鲁莽地采取行动。过后他必然要懊悔的，这就好比有一位教士，他把自己心爱的鼬鼠打死一样。"

国王说："那是怎么一回事？"

白德巴便讲了下面的故事：

 教士和鼬鼠的故事

在伊朗朱尔扎尼有一位教士，他娶了一个年轻貌美的妻子，但是婚后多年没有生下一男半女，在他失望之际，佳音传来，妻子有孕了，夫妻俩沉浸在欢乐之中。

教士希望妻子怀上一个男孩，于是他对妻子说："我最喜欢的是男孩，这是我一生中最渴望的事情；我要为他选一个最响亮的名字，聘请知名人士和学者为他当老师授课。"

妻子对教士说："你也不要高兴得太早了，我是否怀孕，还是一个未知数。以后的事情我们是无能为力的，我奉劝你，不要学习满头流蜜的那位教士。"

教士问："那是怎么一回事？"

妻子道："有一位教士，每天有一位商人给他送去一些蜂蜜，他吃够了把剩余的都存放在一个瓦罐里，悬挂在屋内房梁上，久而久之，就装满了一罐。

"一天教士躺在床上，手里拿着拐杖，两眼盯着瓦罐，非常得意地想道：最近蜂蜜的价钱看涨，借此，我将这罐蜂蜜，卖些第那尔（金币）。然后，我再用这些钱买十只母山羊，每五个月生一胎，要不了多久，便可以有一群羊了，大羊生小羊，小羊长大了再生小羊，几年以后，恐怕就有四百多只羊了。然后，我用卖羊的钱，买一百头牛，买田地，雇农工，种庄稼。五年后，我雇用仆人，盖高楼大厦，娶上一位美丽妻子，然后她给我生下一个漂亮而聪明的孩子，我给他起个美妙的名字，用心栽培他，教育他，使他健康成长，如果他不听大人的教养我就

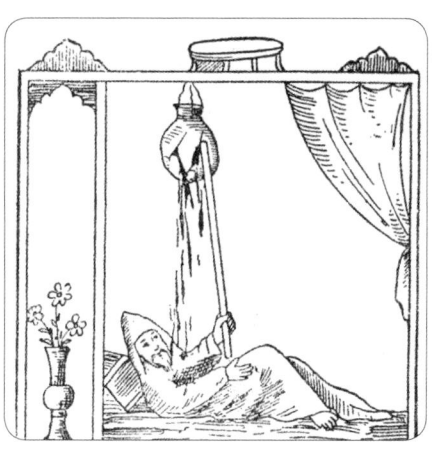

教士和鼬鼠

用手中的拐杖打他。说着他举起拐杖，正好碰上了空中盛蜜的瓦罐，结果瓦罐被打破了，蜂蜜流在了教士的头上。

"我给你讲的这个故事，无非是让你不要空想。未来的事情，人们是不会知道的，空想的东西，最终会化成泡影。"

没多久，妻子果然生下了一个漂亮而可爱的男孩。满月之后，母亲要去沐浴，便嘱咐教士，照管好婴儿，不要让他受到意外惊吓。她说完后，便放心地洗澡去了。

恰巧就在这时，国王派来使者，要召见教士，当时他左右为难，在他眼前除了训练有素的小鼬鼠外，别无他人来替他照管婴儿，于是他下了狠心，决定把孩子托付给小鼬鼠。走前他关好家门，随同使者一同去王宫觐见国王去了。

教士出门不久，有一条黑蛇从洞里爬了出来，一点一

点地接近孩子。在这千钧一发之时，小鼬鼠勃然大怒，冲了上去，与黑蛇展开了搏斗，不到几个回合，小鼬鼠张开嘴吧，露出锋利牙齿，一口咬住黑蛇的七寸，瞬

间，这个凶恶的毒蛇全身松软下来，躺在地上，一动不动了。

这时，小鼬鼠乘机将黑蛇咬断成几节，而它嘴上也沾上了黑蛇的鲜血。

教士从王宫里回来，一开大门，小鼬鼠便迎了上去，好像要向他宣扬杀蛇救孩儿的功劳。

当教士看到小鼬鼠满嘴鲜血时，他惊慌失措，六神无主，便认定小鼬鼠咬死了孩子。他未假思索，便举起手中的拐杖，对准小鼬鼠当头一棒，杀死了小鼬鼠。然后他进了里屋，看到孩子安然无恙，同时也看到了被咬成几节的黑蛇，才恍然大悟。他举起双手打自己脸颊，口中不断地责怪自己，愚蠢，鲁莽，冤枉了好人，他忏悔道："假如我没有生养这个孩子，就不会做出这种不仁不义的事情。"

他的妻子回来了，发现了这种情况，便问道："这是怎么回事呢？"教士告诉她，由于判断的错误，一怒之下，不分青红皂白，杀死了有功之臣——鼬鼠。

人们常说：遇事要三思而后行。我们要以此为鉴，让这种荒谬的事情不要重演！

老鼠和猫

达卜舍里姆对哲学家白德巴说："你刚才给我举的那个例子，我已经知道了。请你再举个例子，叙述一个人的情况，他遭到了敌人重重的包围，在千钧一发之际，他不顾个人安危，伪装自己，还做了许多善事，从而受到了信任，使自己脱离了危险，走出了重重包围，获得了新生。"

哲学家白德巴说："友谊和仇恨不会同时存在，看形势的变化，有时候友谊可能变为仇敌，而仇敌有时也能变为友谊。人们常说，化干戈为玉帛，就是这个道理。"

"有智慧的人，无妨同敌人接近，表示友好，企图摆脱困境，只要有决心这么做，会收到良好效果。比如，老鼠和猫，同时遇到了灾难，但是它们彼此友好、亲善，终于逃脱了险境，它们得救了。"

国王说："那是怎么一回事呢？"

白德巴便讲了下面的故事：

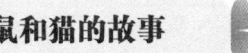
老鼠和猫的故事

有一只猫名叫肉迷，在一棵大树下安了家，同样有一只

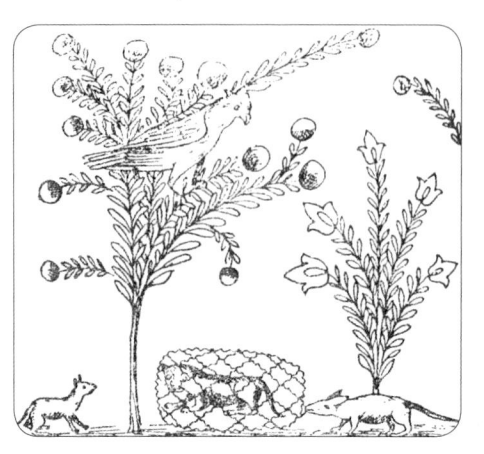

老鼠名叫法尔屯，也在附近安了家。

这块宝地，时常有猎人出没，飞禽走兽，统统成为被猎杀的对象。有一天猎人在猫居住的地方支起一张网，不久，肉迷走出洞穴觅食，误入网中。

无巧不成书，就在这时，老鼠法尔屯也出来觅食。它知道，肉迷就在附近，它害怕肉迷捉它，一路上提心吊胆，走走停停，左右张望，唯恐落入肉迷之口。就在这时，它眼睛一亮，看到肉迷就在前边网中，它高兴极了，心想肉迷被网住了，我可以安心地、自由自在地觅食了。然而好景不长，老鼠发现，有一只鼬鼠在自己的后面，准备捕捉自己，树上有一只天敌——猫头鹰，也在虎视眈眈地看着自己，前边，肉迷虽然在网中，但对法尔屯也不善罢甘休。

法尔屯四处张望，发现上下左右都存在着危险，已陷入敌人的重重包围之中，它思索，难道就这样束手就擒吗？大敌当前，自己先不要乱了阵脚，要沉着，要冷静，聪明人，要用自己的智慧战胜敌人。

智慧是什么？

智慧就像大海一样，人们不知它的深浅。

有智慧的人遇到灾难，也不致遭杀身之祸。

有智慧的人，也不能因为在某些方面有了成就，就得意忘形。

现在大难临头，看来是无法避免了，现在唯一的办法是，只有和肉迷修好，因为它和我一样都处在灾难之中，只要它知道我是前来搭救它的，打消它对我的敌意，我们双方才能得救。

于是，法尔屯走近了肉迷，问道："你的情况怎么样？"

肉迷回答："我的处境十分危险，你高兴了吧！"

法尔屯说："我的处境也很危险。你看，鼬鼠躲在我的身后，落在树上的猫头鹰随时会飞来捕捉我，它们俩都是我们的敌人，只要你保证不伤害我，我就用锋利的牙齿咬断网绳，这样做，我们彼此都能得救。你要知道，我们之间的关系，就像大海里的人和船一样，人得到了船而不死，船因为有了人而不沉。"

肉迷听了法尔屯的话后，心中已经有了底，认为法尔屯的话是有诚意的，确实出自真心来搭救自己的。于是肉迷说："我也希望你在救助其他人时，获得自由，彼此脱离危险，我会永远感谢你的。"

法尔屯说："那好吧！既然得到你的同意，我就开始行动了。"

这时，鼬鼠和猫头鹰看到肉迷与法尔屯联手摆脱困境时，它们就放弃了捕捉法尔屯的计划，失望而去。

此时此刻，危机顿时有所缓解，法尔屯咬断网绳的工作也慢慢迟缓下来。

肉迷对法尔屯说："这是怎么回事呢？是不是你的目的达到了，就忘记了你对我许下的诺言吗？你应当知道，由于我们联手，表示友好，才吓走了鼬鼠和猫头鹰，这就说明，我已尽到了自己的责任，你应当感谢我才对，可是现在你对我的处境不能漠不关心呀！也没有必要说起我们之间的仇恨，正人君子应当报恩而不记仇，帮人帮到底，那才是君子所为。常言说得好：'忘恩负义者，不会有好结果的。'"

法尔屯说："世界上有两类朋友，一类是彼此情愿做朋友，一类是被迫做朋友，这两类朋友，都是为自己的利益。

"两厢情愿做朋友的人，它们彼此放心，互相信任。

"被迫的朋友，只能相信一时，其余时间，还要多加防范。有理智的人，交朋友时，需要找一个担保人，这样才能放心。

"我和你交往，是为了摆脱一时的灾难，可是你要明白，我们祖祖辈辈，结下的冤仇，使我对你有所防范，以免受到你的伤害。

"肉迷老兄，你要知道，我不论做什么事情，就要等待时机，我要告诉你，当我开始行动的时候，我也不会全部咬断网绳的，还要留下最后一根网绳，以防万一呀！"

肉迷问道："那时机什么时候到来？"

法尔屯答："非到猎人走来的那一瞬间，我才咬断最后一根网绳，不能给你留下伤害我的时间呀！"

说话间，猎人已经从远处走来，这时，肉迷心急如焚，大声疾呼："法尔屯呀，你所说的那一瞬间到了，赶快咬断网绳吧，否则……"

说时迟那时快，只听见咔嚓一声，法尔屯将最后一根网绳咬断了。这时，肉迷纵身一跳，飞快地钻进了树林，而法尔屯也回到了自己的洞穴里。

猎人前来收网，看到网绳已断成了几节，失望地转身走了。

自从法尔屯逃脱了这一劫难后，它数次出洞觅食，不愿意与肉迷接

近，此时的肉迷看见法尔屯，大声呼唤："我忠实的朋友呀！你那坚忍不拔的精神，令人敬佩，你救了我的命，我感激你。现在我发现你不愿意和我来往，不知道这是为什么？既然我们朋友一场，就不能让其中断，要让友谊继续保持下去，才称得上是患难之交呀！你帮助过我，我永远不会忘记，请你接受我的敬意，也接受我的亲朋好友的敬意。

"你不要惧怕我，你也知道，过去猫家族做的事情有欠妥之处，可是现在我们做了朋友，结下了深厚的友谊，我会以诚相待你的。君子一言，驷马难追，我不会食言的。

"有许多人，从表面上看，他们对你亲亲热热，非常要好，但骨子里却埋藏着不可告人的目的，这种情形，比明显的敌人还要凶恶，你稍不注意，就会大难临头，其凶险，就像骑在大象脖子上打瞌睡的人，等到惊醒时，他已掉在大象鼻子下边，来不及自救，被大象踩死了。

"朋友之间，因为当作朋友利益关系，才结下了友谊。一个聪明人，他干某一件事情，当他发现有利可图时，就把你当作朋友，不妨向他表示爱心，以便达到自己的目的。

"还有，当彼此发生利害冲突时，就是你的朋友也应当疏远，以保全自己，避免自己的利益受到侵犯。难道你没有看见吗，一个畜生，紧跟随在母亲身边，形影不离为的是吃它的奶，一旦断了奶，它们就分道扬镳了。

"也有不少人，同朋友断绝了关系，这并不是他们之间发生了利害冲突，也没有结下实质的仇恨，但因产生了矛盾，就走上了断交之路。

"至于原本有仇恨，为了暂时的利益，他们可以结为朋友，克服困难，一旦无利益可图时，它们暂时的友谊也会烟消云散，原来的仇恨就会死灰复燃。正如火烧开水一样，火灭了，水就恢复原状变冷了。

"我也想过，在我的所有敌人中，你是最凶恶的一个。但由于我们彼此需要，才被迫结成了朋友，而今化险为夷，困难已经克服，彼此的需要不复存在了，恐怕原来的仇恨，也就恢复原状。

"你要知道，一个弱者，接近强者，危险性极大，没有什么好处。我明白，你除了想吃我，对我还有什么要求，请你告诉我，但是，我本人绝不会相信你的，因为对一个弱者来说，时时刻刻不能放松警惕，这样生命才能受到保障，才有好日子过，不然寝食不安，惶惶不可终日。

"今天，我离远远地与你谈话，无非是让你快乐，无忧无虑地生活，打心底里讲，这是我从前不愿意做的事情，因为我们是天敌，无法生活在一起。

"我祝你平安。"

国王和仿语鸟

国王达卜舍里姆对哲学家白德巴说："你给我打的这个比喻，我已经听明白了。你再给我举一个两家结下冤仇，互相提防，彼此进行报复的例子。"

白德巴便讲了下面的故事：

国王和仿语鸟的故事

印度有一位国王，名叫白尔顿，他养了一只鸟，取名叫仿语鸟，仿语鸟还有一只雏鸟，能够像人一样说话，因此，仿语鸟博得了国王的宠爱。

有一天，国王命令侍从，将仿语鸟送入后宫，让王后训练。恰巧，王后膝下有一名小太子，正需要这只小鸟陪同他玩耍，从此，王后把小雏鸟当作自己孩子一样爱护。

这两个小家伙，天真烂漫，如同亲兄弟一般，整天形影不离。而仿语鸟妈妈，每天往山林觅食，傍晚飞回来，带回各种水果，太子和小仿语鸟各分一半，他们尽情地分享着母爱和友谊。

光阴似箭，这两个小家伙渐渐地长大了，而小仿语鸟

在仿语鸟培养下，学舌的技巧有了惊人的进步。国王对小仿语鸟更加喜爱。

某一天，仿语鸟妈妈飞向山林，采摘果实去了，而小鸟和太子一块玩耍，正在这时，小鸟在小太子屋里拉下粪。这下可惹恼了太子，他勃然大怒，抓起小鸟，高高举起，然后将小鸟摔在地上，可怜呀！这个活泼可爱的小鸟，霎时毙命于太子手下。

仿语鸟妈妈从山林回来，见到自己的爱子死于非命，心如刀绞，悲痛万分，它说道："世界上最丑恶的莫过于不讲信义、不信守诺言的国王了。更为悲哀的是同不讲信义的国王相处的那些人，他们没有仁慈，不尊重别人，也不喜欢任何人，他们整天谋算的是自己的利益，或猎取别人的学问吓唬别人，宣扬自己。一旦利益到手了，所谓的仁义道德统统抛在脑后去了。他们对法律不以为然，他们的行为是虚假的，放荡的，他们作恶多端，对自己的恶行，可以大事化小，小事化了。一旦别人触犯了他们，就大发雷霆，小题大做，置人于死地。他们心口不一，嘴上仁义道德，而内心却是男盗女娼，统统是欺骗人的鬼话。"

愤怒的仿语鸟妈妈毫不顾忌地闯进太子居住的小屋，用它那尖嘴，啄瞎了太子的眼睛，然后飞出屋外，落在屋顶上。

太子被啄的消息，很快传到了国王那里，他悲痛欲绝，便暗暗下定决心，逮住仿语鸟，为儿子报仇雪恨。

于是，国王来到了屋前，试图接近仿语鸟，并说道："我亲爱的仿语鸟，你下来吧！现在对你来说，是最安全的时候，你就放一千个心，我决不会加害于你的。"

仿语鸟回答道："国王呀！不义之人，绝不会平安无事的，将会受到被害人的惩罚。

"仓促的报复，也许会有错误；但经过深思熟虑的报复，绝不会有什么差错。

"太子对我儿子不义，下了毒手，所以我才马上报复。"

国王说："是的，我儿子鲁莽举动，是不应该的，可是你已经进行了报复，事情已经扯平，我们之间，不存在什么矛盾了，你就安心地回来吧！"

仿语鸟说："回去，就没有必要了。切肤之痛，我时刻铭记在心，勉强地生活在一起，仇人相见，只有增加怨恨，聪明人知道，远离仇人才是最好的办法。现在我独自一人，我愿意做一名被人遗弃的人，一生漂泊，漫游天下。我走了，祝你平安幸福。"

国王说："假如我儿子对你所犯下的错误，如果你不去报复的话，那就是你的不对了；而你的行动告诉我，你已经报复了，那你就做对了，这就证明你没有什么过错。既然是这样，那你还有什么理由不相信我呢？你回来吧，在我这里你是最安全的。"

仿语鸟说："仇恨埋藏在内心深处，嘴里说的不足以代表心里想的。我的心不会相信你的话，你的心焉能相信我的话？"

国王说："人人心里都有一股仇恨和愤怒，对有理智的人来说，最理想的是消灭仇恨，也不去培养仇恨。"

仿语鸟说："你说得很对。但是，总不可以把图谋报复的人，当作已经忘记仇恨的人。聪明人，处处防备坏人的欺骗与阴谋，敌人中的许多人都知道，用强硬手段达不到目的，他们会变换手法，用和平方式对你进行欺诈，以便达到他们不可告人的目的。"

"如同猎象一样，对一头凶猛野象，要采用一头温顺的家象去引诱。"

国王说："高尚的人不能抛弃友谊，也不要断绝兄弟之间的情谊，即使生命受到威胁，情谊不能丢掉啊！

"禽兽也有这种感情。你知道，玩狗的人，当玩腻了时，便动手杀掉它，还要吃它的肉；但是，对狗来说，生命临危时，它还维护对主人的情义。"

仿语鸟说："仇恨是最可怕的，而帝王心中的仇恨更可怕，帝王决心要报复的，在他的眼中，报复是最荣幸的事情，报复就是王权的象征，就是凶暴的劣迹，是人类灾祸之源。

"聪明人，决不能放纵冷却的仇恨，在心中没有得到发泄的仇恨好比炉中的一块炭，没有得到木材的话，它不会燃烧起来；同样，仇恨也是在等到机会，才能暴发。

"苦口婆心，谦恭温和，良言规劝，都不能使仇恨消失。假如按照你所说的，我得到你的谅解，但畏惧、怀疑无法在我心中消除。

"我看，还是离开你的好，你走你的阳关道，我过我的独木桥，你好自为之，请允许我向你再道一声好。"

国王说："我现在清醒地认识到一个人来到这个世界上，要多做对人有益的事情，但是最重要的是不能做伤天害理之事，因为在这个世界上，你所接触的无论大小事情，都逃不出'命运'二字。一件事情的发生与不发生，绝不是由他本身决定，'先天'所注定的事情，你想摆脱也摆脱不了。所以说，你对我儿子所做的事情也不是你的错；反过来，太子对你儿子所做的事也不是太子的错，他们之间所发生的事情，都是命中注定的。你要相信这一点，心中的仇恨也会逐渐烟消云散，我们彼此就不应该互相责备了。"

仿语鸟说："我相信命运。但是，我也谨慎防备那些小人物所施的阴谋诡计，这才能表现出正人君子所持的正确立场。

"我也知道，你所说的话，并非出自于肺腑之言，所以我不会相信你的。我们之间的关系非同小可，因为太子杀死了我的爱子，我一怒之下，啄瞎了太子的眼睛，你现在千方百计引诱我，好为你儿报仇雪恨，可是，我不上你的当，而且我也不愿意去死。

"常言说得好：'穷困、愁苦、衰老、久病不愈、亲近敌人、远离亲朋好友，这些都是灾难，而最大灾难莫过于死亡。'没有遭受过灾难的人，不知遭受过灾难的人的痛苦。将心比心，我心中的痛苦，并不比你心中的痛苦少，因为我们所遭受的灾难是一样的。你就死了这条心吧！我们在一起相处，是没有什么好下场的。我们彼此所结下的仇恨，一旦想起来，我们就抑制不住内心的悲伤，给我们带来不必要的损失。"

国王说："事情过去了，就让它过去吧！随着时间的推移，你会慢慢地忘却它，决不能让它在心中占据一定位子。如果不这样做，天天记在心中，那对你没有什么好处。"

仿语鸟说："一个人脚底生了疮，他不去积极医治反而用病脚行走，结果，给他带来的只有痛苦。

"一个害眼病的人，若是两眼常被风吹，只有加重眼病。同样凶手如果接近受害者，其后果，必然是自找死路。

"世界上的人，都应该避免伤害和走死亡之路，必须谨慎从事。依靠武力是不行的，不要信任不可靠的人，专靠玩弄权术和武力的人，他们的前途是危险的，随时有

死亡的可能。

"吃过量食物，使你的嘴巴到了不能承受的地步，结果会因噎而死亡。

"轻率地听信仇人的话，就等于将自己的生命送进虎口。

"有谁能知道，他未来的命运是什么，其结果将怎么样。没有一个人具有超前意识，能知道他一生的命运，只有处事果断，坚强毅力和英勇奋斗，才能对自己有良好的效果。

"聪明人不轻易信人，现在，我还没有走到山穷水尽的地步，我还要找一个使我满意地方，幸福生活在等待我。

"谁具备了以下五件事情，他的生命会更加充实，无忧无虑。第一，不去伤害他人利益。第二，对人要有礼貌，要讲礼节。第三，是非之地，不能久留。第四，讲究仪表。第五，行为大方，举止高雅。

"人的生命受到极大危险时，一切身外之物、钱财、妻室儿女、家乡，这些东西都会失掉，但有机会还可以找回来。可是生命只有一次，一旦失去了，就无法找回来。

"世界上最可怕的是这样一些人：不会使用钱财的人、不喜欢丈夫的妻子、忤逆父母的儿女、不能同甘共苦

卡里来和笛木乃

的兄弟、被好人惧怕的国王、不能保护人民的国王、治国无方的国王。"

"一个存心伤害我的国王，我怎能和他相处呢？"

仿语鸟说完了这些话后，便向国王告别，展翅高飞，离他而去了。

上述就是对有仇恨的人，彼此之间，不得不提高警惕的例子。

狮
子
和
胡
狼

国王达卜舍里姆对哲学家白德巴说："你刚才给我打的比喻，我已经听明白了。请你再给我举一个例子，从前，有一个国王，他审核一桩案情，当真相大白之后，使无辜者免受牢狱之灾的例子。"

哲学家白德巴说："假如国王不去查看案情，他就无法知道受害者是真有罪还是无罪，是受冤屈的还是不受冤屈的，国王应当积极地做深入的调查，多方位地进行考验。倘若他是忠实可靠之人，应该恢复他的名誉，使他过上正常人的生活。

"一个贤良的国王，在治理国家事务中，需要许多辅佐的人，从宰相到公卿大夫以及文武百官，都必须爱民如子，廉洁奉公。只有这样，国家才能兴旺发达，百姓才能安居乐业。

"因国事繁忙，就需要许多人，贡献毕生精力，为国操劳，呕心沥血。但现实生活中，真正廉洁奉公者甚少，正如狮子和胡狼情况一样。"

国王说："那是怎么回事呢？"

白德巴便讲了下面的故事：

狮子和胡狼的故事

有一位潜心修行、廉洁自律的胡狼，住在一个山洞里，过着平静的生活。平时，它也和豺、狼、狐狸有些来往，但对它们的所作所为并不满意。胡狼不嫉妒贤良，也不猎杀生灵，为此，它和豺狼、狐狸经常发生争执，进而产生怨恨。它们对胡狼说："像你这样的，我们是不喜欢的，也不愿意看到你所谓的清高、廉洁。请问修行对你有什么好处？快回到我们当中来吧！我们一块儿生活，打猎、杀生、吃肉，我们的祖宗就这样干的。你要知道，违背祖宗的生活方式，就是大逆不道呀！"

胡狼说："弱肉强食的勾当我誓死不能干，不过，正常的来往是被允许的，这与你们的犯法是两码事，你们所犯下的罪行，是你们的行为造成的。假如在清洁的地方，所干的事情，就是善的，那么在犯罪的场所干的事情，就是违法的。

"教堂是劝人行善的地方，在这里杀死了教士，难道说不是犯罪吗？还有，在战场上救护伤员，就不是犯罪。今天，我和你们做朋友，但是，我的生活准则决不和你们一样，我的心指导我永远不能和你们在一起。我知道，多行不义必自毙。坏事做多了，必有报应，我严于律己，决不能因他人的引诱，而害了自己。"

胡狼拒绝了野兽们的引诱，不和它们同流合污，为此，它廉洁的名声，渐渐地传遍了各地。

当地兽王——狮子，知道了胡狼的高尚美德，赞叹不已，出于对它的敬佩，便召见了它。胡狼的谈吐，对事情的看法颇有见地，从而博得了狮王的赏识和厚爱，于是，狮王便邀请它数日后在王宫任职。

狮王说："你要知道，管理好国事，需要众多的有志之士进宫就职。而你的廉洁自律，博学多才，赢得了我对你的好感。我让你担任一项重要的工作，以便提高你的地位。"

胡狼说："国王选拔人才主要是看他的业绩和政绩。你属下文武百官有才华者比比皆是，而我是无心进宫做事的，阅历浮浅，恐怕不能胜任国王的重托，请你另选高明吧，勉强于我，恐怕工作不能做得十全十美。"

狮王说："请你不要推辞，像你这样有才华的，我是不能放过的，浪费人才，那是犯罪。"

胡狼说："世界上有两种人可以进宫做事，一种是奸诈的人，他可凭着自己的小聪明，耍尽手腕，欺上瞒下，击败对手，保护自己的利益和地位。

"第二种人，是蠢材，他既不用脑子，也不会耍手腕，这种人，没有人去抢夺他的饭碗，因此，他能安心于职位，专心服务。

"至于以忠诚、廉洁服务于王室的人，那情况就不一样了，随之带来的是仇人陷害，朋友的嫉妒和憎恨，这些都是因为他忠于职守、廉洁奉公所致，所以才遭遇到了这样的伤害。"

狮王说："你随时都陪伴着我，它们绝不会伤害你的。"

胡狼说："狮王陛下，你要是真的为我好，就让我到野外去吧，让我过安宁的生活，或者让我在有水草的地方定居，无忧无虑，一生平安。

"你的恩惠，我感恩戴德，没齿难忘！因为我晓得，做狮王的亲信，真的是伴君如伴虎，一生担心和恐惧，这是人们所想象不到的，我的愿望是过普通的生活。高居要职，荣华富贵，不是我期盼的。"

狮王说："你刚才所说的话，我全明白了，但现在我心意已决，让你出任要职，为朝廷做一番事业。"

胡狼说："既然狮王执意让我担任职务，那只好从命了，不过我要和狮王立下协定。职位比较高的公卿大夫，为了保住它的位子，极力排挤我，你看怎么办？还有，职位低微者，千方百计谋算我，想取而代之怎么办？在狮王面前吹阴风、点鬼火，陈述对我的不满，或者，旁敲侧击，以莫须有的罪名，来陷害我。这一切，我要求狮王不

要盲目行事，需要进行一番艰苦耐心的工作进行观察、审核。事实真相大白之后再量刑定罪或定无罪。如果狮

王答应的话，我才能就任狮王赐予我的职务，在这个岗位上，我会尽职尽责，决不懈怠。"

狮王答应了它的要求，于是委任它掌管粮秣职务。这是狮王授予它的特别职权。

胡狼任职的消息，很快传到了王公大臣们的耳朵里，它们愤怒到了极点，便聚集在一起设圈套，陷害胡狼。其中有个王公说，我们不能放过任何一个机会，一旦有隙可乘，可以随时向狮王报告，削弱胡狼的威望，从而离间胡狼与狮王的关系。

有一天，狮王吃午饭，其中有盘肉，味道很新鲜，于是它特意留下一块，交给胡狼保管，在狮王需要的时候，再拿来进食。

王公们认为，机会来了，它们将胡狼保管的肉，偷了出来，悄悄地放在胡狼居住的屋内，放得很严密，以此作为陷害胡狼的依据。胡狼一点也没有发觉。

第二天，狮王要吃午饭了，但是胡狼保管的那块肉不见了，而胡狼不知其中的诡计，于是它再三寻找，也没有找到。胡狼正在着急时，王公大臣们纷纷前来，面见狮王，它们个个心怀鬼胎，来看胡狼的热闹。

这时狮王发怒了，它严厉追问胡狼。在座的大臣们面面相觑，东张西望，默不作声。

其中有一位大臣，略带诚恳的口吻说："我们对狮王要忠心耿耿，不能三心二意，狮王委托之事，只有全力以赴，不能有半点懈怠。据我观察，丢肉之事，胡狼是有责任的，恐怕它监守自盗，说不定肉就藏在它家里。"

另一位大臣说："狮王的东西，决不许任何人占为己有，但是人心莫测呀，恐怕要检查一番了。"

又一位大臣说："偷窃之事，是胡狼一手干的，我们一无所知。还是派人去胡狼家检查一下，一旦水落石出，它所标榜的廉洁自律等统统是假的了。"

另一位说道："耳听为虚，眼见为实，还是请狮王派人去搜查吧！"

又有一个说道："若是去胡狼家里搜查，必须从速，因为胡狼处处有耳目和暗探。"

就这样，这些大臣们前后呼应，喋喋不休，陷害胡狼。

狮王不明就里，便召见了胡狼，开口就问："肉到哪里去了？"

胡狼答道："送到厨房，亲手交给厨师了。"

狮王问厨师——这个家伙，也是嫉贤妒能之辈——厨师矢口否认胡狼给它交肉的事实。狮王无可奈何，才派人去胡狼家搜查，果然发现了那块肉，便带来，呈给了狮王。

这时有一只狼走到狮王面前，这只狼自称清白无染，以公正廉洁自居，它不轻易发表自己的意见，只有在确凿事实面前才表明自己的态度。

它说："胡狼假公济私，徇私舞弊，这是不可否认的事实，这种违法行为，决不能宽恕。如果狮王放纵一个罪犯，今后又有类似的事情发生，那将该如何处理呢？所谓杀一儆百，就是这个道理。"

于是狮王下令侍从，将胡狼看管起来。在座的王公贵族对狮王的做法不理解，它们认为，对这个有罪的胡狼，狮王应严厉制裁。

于是狮王派遣了一名使臣，面见胡狼，并告诉胡狼，教它申请宽恕，给它一个悔过的机会。使臣去了，但它没有如实向狮王汇报，而是捏造一份假口供，既欺骗了狮王，又给胡狼增加了罪刑。

狮王听了使臣的假汇报，不分青红皂白，一怒之下命令执刑官，对胡狼以死刑论处。

这一消息迅速传到了狮王母后耳朵里，它急忙派人制止了这个错误的决定，并亲自面见狮王，询问胡狼犯了哪

一条王法，要判它死刑。

　　狮王就将胡狼所犯的罪行向母后讲述了一遍。母后听了之后，便抬起头来，心情沉重地对狮王说："孩子，这其中一定是有蹊跷的。无论是家事或国事，对有理智的人来说，要经过多方面审慎思考，再做出相应判断；性急之人，草率行事，总归要后悔的。

　　"你是一国之君，如果没有涵养，肚量狭小，怎么治理国家呢？人们常说：'宰相肚里能撑船。'你见风就是雨，这不是一国之君的风度呀！

　　"就如同一个女人必须有男子，孩童必须有父母，学生必须有教师，士兵必须有军官，教士必须有宗教，一个国家必须有国王。而国王处理国事，要高瞻远瞩，要学会运用智慧，细心地观察事物，对你的臣民，应以它们的才能而任用。同时，也要防备它们互相猜忌，彼此攻击；作为一国之君，千万不能让所谓的王公大臣左右呀！

　　"至于胡狼，你不是对它经过了多次考验和观察吗？它一向是廉洁自律的。自从进宫以来，它奉公守法，工作勤勤恳恳，默默地奉献着自己的智慧，没有发现它有什么过失呀！而今，为了一块肉，你就这样无情无义，大动肝火，这真是天大的笑话。

　　"这块肉是不是它隐藏的，这就很难说清了；不过你要清醒地看到，恐怕有人嫉妒胡狼，搞恶作剧来陷害它。

"老鹰的爪子抓了一块肉，后边必有一群鸟追逐它；狗嘴里唭着一块骨头，也有许多狗来追它。胡狼廉洁自律、闻名于世，也会有很多的人妒忌。今天发生这件事情，恐怕有人设陷阱陷害它。"

正当狮王与母后说话的时候，狮王的亲信来报，关于丢肉一案，现已水落石出，胡狼是无辜的。狮王听到亲信的话，才恍然大悟。心想：由于我的疏忽，几乎断送了忠臣的性命，它立即宣布，胡狼无罪。

这时母后说："对于陷害忠良者，决不能手软，让它们知道，进谗言者，是没有好下场的。"

"我要郑重地警告你，遇事不动脑子，动辄发怒，不会成大气候的。你应当对胡狼怜悯，虽然它背了黑锅，但它的一颗赤诚之心没有变，对这样的，你应当亲近它，爱惜它；对那些贪赃枉法之徒，你应当疏远；经过严峻考验的人，才是受人尊敬和爱戴的正人君子。"

狮王召见了胡狼，它说道："当时我听信了谗言，没有分辨出是非，一时错怪了你，让你受了委屈。现在当着大家的面，我郑重宣布，胡狼官复原职，继续为狮子王国服务下去。"

胡狼说："狮王陛下，你晓得我的性格。我提出一个要求，你听了以后，也不要怪罪于我。我实不安心与陛下相处，你是一国之君，怎么与一个受了严惩的人相处呢？

请你不要拒绝我离职的要求，如果我的愿望实现了，我可以到遥远的地方去修炼。"

胡狼的话，狮王好像没有听见似的，它停顿了一会儿，然后说道："你是有道义和修养的，现在我们只提友谊，而对于旧仇，再不要念及它了，我已恢复了对你的信任，你也应该恢复对我的信任，我们之间最珍贵的是友谊呀！"

从此，胡狼重新走上了工作岗位，而狮王对胡狼倍加敬重和爱护，一日胜似一日。

白拉士、伊拉士和伊尔汗皇后

国王达卜舍里姆对哲学家白德巴说："你举的这个例子，我已经听明白了。请你再举一例说明一国之君要保持江山稳固，要使国家安定团结，必须具备哪些条件和美德？"

白德巴说："一国之君，要保持江山稳固，必须要胸怀坦荡宽容大度，这才是做国王应具备的条件和美德。正如白拉士国王一样。"

于是，白德巴便讲了下面的故事：

 ## 白拉士、伊拉士和伊尔汗皇后的故事

在印度国，有一位国王名叫白拉士，朝内有一位著名的宰相，名叫伊拉士，他们在处理国事方面配合得相当密切，有事共同商量，并以各自智慧逐渐地使国家强盛起来。

某一夜晚，国王在睡眠中，一连做了八个噩梦，惊醒后，失魂落魄，忐忑不安。

于是国王传旨，请来了婆罗门僧侣，让他们解释这八个噩梦的吉凶。婆罗门僧侣们说："请陛下宽限几日，让我们回去查阅经典，然后再给陛下一个圆满的答复。"

国王道："以七天为限，我要你们的圆满答复。"

婆罗门僧侣领旨，一行回到家中，共同商量解决办法。其中有一位婆罗门说："国王不久前还杀了婆罗门一万两千人，这笔血债难道你们忘记了吗？你们都是有志之士，运用你们的智慧，向国王讨还血债，就从圆梦开始。

"我建议用严厉措辞恐吓他，并告诉他，查遍了各种经典，注明八个噩梦就是灾难即将降临的前兆。若想躲过这一灾难，必须把国王身边左右亲信统统杀掉，包括心爱的东西都一一献出，这样国王才能平安，臣民才能安生。

"如果国王问哪些人可以杀掉，哪些东西可以献出，我们就说你最喜爱的伊尔汗皇后、你的心肝宝贝珍威太子、精明强干的伊拉士宰相、知识渊博的哲人凯巴露尼、镇国之宝举世无双的宝剑、一头白象和国王的坐骑战马。

"国王真的能做到这些，那么我们往日的仇恨就一笔勾销了。

"另外，我们还对国王说，把被杀人的鲜血存放在一个大水盆里，国王坐在其中净心忏悔。到了第七日，就让国王从血水中走出来，这时，婆罗门们从四面八方来会合，拥着国王念咒焚香，再用圣洁香水洗涤国王的身体；

然后我们对国王说：要想保卫国土，必须杀掉这一班亲信，以后再选良臣辅佐国王治理国事。

"如果国王对我们的做法持怀疑态度，我们就告诉他，不这样做，江山难保，生命危在旦夕。

"如果他点头同意，我们立刻行动，把这一班人全部逮捕，然后再用残酷刑罚结果他们的性命。"

婆罗门僧侣们计议已定，等待七天的限期到来。

第七天到了，婆罗门僧侣们便进了皇宫，向国王解释八个噩梦说："经过我们耐心查找各种经典，我们有能力向国王陛下解释明白，但事关重大，请陛下屏退左右，容我们向陛下禀报。"于是，国王举手示意，左右纷纷退下，这时，婆罗门僧侣们才将他们的计谋向国王禀报了。

国王听了后便说道："你们的计划太残忍了。这些近臣是王国的栋梁之才，辅佐我，杀掉他们岂不是毁坏了一

个国家吗？我认为，在我有生之年决不会做出这些无德无情的事情，人总是要死的，我决不会为了我的王位牺牲我的忠臣们，请你们收起这个计划吧！"

卡里来和笛木乃

婆罗门僧侣们说："承蒙陛下恩准，我们还有一言相告。"

国王说："有话就说吧！"

婆罗门僧侣们道："我们祈求陛下保重龙体，保全国家，这才是万民所期盼的，决不可留恋几个皇亲国戚，抛弃了社稷大业，况且，国家大业并非唾手可得，而是经过了几十年的艰苦奋斗，才有了今天这个大好局面，若是陛下轻易地抛弃江山，那是不可取的，也是万民百姓不愿看到的。"

国王听了婆罗门僧侣们的话，内心里充满了矛盾，他转身回到了内宫，思想斗争也未停止过。他思忖，如果没有了和我同甘共苦的大臣们，我活在这个世界上还有什么意思呢？没有伊尔汗皇后，我是无法生活下去的；杀了宰相伊拉士，我的王位由谁辅佐？失去了镇国之宝，我的威风在哪里？

国王的忧闷，不几天传遍了全国，也传到了宰相的耳朵里，他想探听消息，但因没有接到进宫圣旨，不敢察看宫内究竟发生了什么事情。

于是他去拜见伊尔汗皇后道："自我供职以来，无论宫内大小事务国王都与小臣商量。现在宫内封锁得很严密，无法知道宫内的事情，这其中必有原因吧？"

伊尔汗皇后问道："发生了什么事情？"

宰相伊拉士说道："最近国王召集婆罗门僧侣们，并封锁消息。我担心的是万一国王在婆罗门僧侣们包围中有所闪失，那可是与我们的性命攸关的大事。为此，我前来拜见皇后，请进宫探听消息，然后再将其中的原委告诉我。

"你可知道，婆罗门这帮僧侣们，为了他们本门派利益，为所欲为，捏造谣言，杜撰是非，要挟国王，这样会给王国带来巨大灾难。请你赶快去见见国王吧！"

伊尔汗皇后说："最近我与国王话不投机，有点不想去见国王。"

宰相伊拉士道："皇后呀！在生死攸关的时刻，你千万不能因小失大。你是皇后，随时能见国王。况且，国王也曾说过，每当他烦闷的时候，伊尔汗皇后一来，一切不愉快的事情就会烟消云散了。所以我希望皇后立即动身进宫，打探出国王与婆罗门僧侣们会见的实情，以便让我们有所防范。这关系到国家命运的大问题，尽快动身，面见国王。"

宰相伊拉士这一席话打动了皇后，于是，她毫不迟疑地动身前往皇宫。拜见了国王，她对国王说："你是万民爱戴的君主，什么事情惹你烦恼了？婆罗门僧侣们都给你讲了些什么，能否给妾晓示一二，如果有用我的时候，就是粉身碎骨，臣妾也愿意向陛下舍生取义的。"

国王说道："皇后呀！请你不要提及这件事情，关于我与婆罗门们谈了什么，我更不能让你知道。"

伊尔汗皇后说："最亲密的人，你都不相信我，难道我的地位降到了如此地步？你一味地苦闷，不但对国家毫无裨益，对自己的身体也有所伤害的。"

国王道："我请求皇后不必再追问下去，免得再增加我的痛苦。因为它涉及我，涉及你，也涉及了王国的文武大臣，以及王国的镇国之宝。

"婆罗门们对我说，如若不杀掉伊尔汗皇后，不杀掉宰相伊拉士，不杀掉太子等等国家大臣，灾难是无法免除的。

"伊尔汗皇后呀！这个晴天霹雳坏消息，我怎能不苦闷呢？况且，我失去了你，我是无法生活下去的。"

伊尔汗皇后听了国王这一席话，以非常平静的心情对国王说："今后王国无论出现什么重大事件，请国王要镇静，不要忧愁。至于我自己，愿意为王国牺牲一切，甚至是我的生命。到了那个时候，何愁国王从嫔妃中找不出一位和我一样的妃子，只要国王中意，也是对国王的一种安慰。不过话又说回来，我既然忠于国王，在这里不能不向国王尽一点忠言。"

国王道："你有话就尽管说吧。"

伊尔汗皇后说："我认为，今后国王不要听信婆罗门僧侣们的鬼话，有关王国的事情，首先要与文武百官商讨，经过认真考虑，意见成熟之后再去实施。杀掉一个人，的确是最容易的事情，不过再让他复活很困难了。俗话说得好，'不要轻率地丢弃一块玉石，只有经过专家鉴定之后，才可以决定取舍'。而婆罗门们仇恨国王到了极点。你记得过去你杀掉了一万二千婆罗门僧侣，难道他们不记恨国王吗？国王切莫认为现在的婆罗门和他们的前辈有所区别，这就大错而特错了，机要大臣所掌握的机密，国王无权向任何人透露，婆罗门向陛下献的计策，是有所企图的，他们图谋报仇雪恨，倘若重臣被杀，王国又由谁来管理呢？王权旁落，矛头只有对准你国王了，到了那个时候，他们可以恢复往日失去的政权，建立婆罗门王国了。"

伊尔汗皇后继续说，"依我之见，国王不妨询问一下当今大哲学家凯巴露尼。"她的话一下子提醒了国王，他大为赞叹地说："本朝内有这位大哲学家，何必把我的秘密告诉给了婆罗门呢？事不宜迟，我现在就去找凯巴露尼，他会对我的噩梦有个圆满的答复。"

于是，国王骑上他的坐骑，风驰电掣般地来到了凯巴露尼的寓所。

卡里来和笛木乃

大哲学家问道："国王陛下远道而来，不知有何要事？"

国王道："不久前，我一连做了八个噩梦，将此玄机，告诉给了婆罗门，如若按照他们的解释，那是可怕的，他们说：不久

王国会发生很大变故，到那时候，我的王位也就荡然无存了。"

大哲学家说："国王陛下，能否将噩梦告诉小臣？"

于是国王就将所梦到的详详细细地告诉给了凯巴露尼。

凯巴露尼听了之后，对国王说："婆罗门僧侣们所以那样大肆渲染，无非是他们别有用心罢了。现在我就把梦中的意思，一一告诉给国王陛下吧！

"国王所梦见的那尾红鱼，将尾巴立起来，那是将有使臣从乃哈温得国到来，他们带来两颗珍贵的红宝石，作为献给国王的礼物，价值四千金币。两只鸭子由你背后飞来，降落在国王面前，那是白里赫国两千匹行走如飞的马，不久要献给国王。白蛇在国王左腿上爬行，那是绥真国国王将要赠送给国王的一把锋利无比的宝剑，国王喜

爱它，佩戴在身上，寸步不离。国王身体被鲜血染遍，那是凯桑国要派遣使者来朝，向国王进贡有名的乌尔吉枉绣袍，这个最珍贵的礼物，它能在夜里闪闪发光。国王用水净身，那是利海赞尼国向国王进贡的又一件袍子。国王身卧在雪山之上，那是凯杜鲁国向国王敬献的马一般快的白象。国王头上有火一样的物品，那是亚尔赞国向国王进贡的一顶王冠，王冠之上镶满了红绿宝石。至于国王看见了一只鸟用嘴来啄国王的头，这，我就不用多解释了，那是国王与伊尔汗皇后爱情的一段插曲。请国王不用在意，这不是要紧的一件事情。

"上述七件事情，请国王放心，七日之后，必定能实现。"

国王听了大哲学家圆满的解释后，就喜出望外，高高兴兴回皇宫里去了。

自从国王回宫后，果然不出七天，各国进贡的使臣，络绎不绝而来。

国王在宝座上接见了前来进贡的各国使臣们，收受了他们的礼物。此时此刻，国王无限感慨地说："我的凯巴露尼呀，不愧是本朝大哲学家，他为我解除了心中的忧患。我悔恨自己，当初认敌为友，几乎遭到了婆罗门的毒手，多亏伊尔汗皇后的一席话，拨云见日，使我从迷雾中走了出来，躲过了这一劫难。教我如何去敬重她呢！我意已决，将各国进贡的礼物一并拿来，任伊尔汗皇后挑选。"

国王命令宰相伊拉士带上这些贡物，随着国王到后宫去。

到了后宫后，国王召见了伊尔汗皇后和荷兰皇后，先让伊尔汗皇后从贡品中挑选她最喜爱的物品。这时，伊尔汗皇后挑选了一顶非常华丽的皇冠，而最珍贵、最美丽、镶满夜明珠的一件袍子落到荷兰皇后手中。

按皇宫惯例，每天晚上，由两位皇后轮流陪伴国王一起饮宴。这天晚上，轮到伊尔汗皇后陪伴，当时她身着锦缎长袍，头戴宝石皇冠和国王同席而坐。就在这时荷兰皇后也走了过来，她身穿夜明珠锦缎玉袍，在灯光照耀下，玉袍发出耀眼光辉，荷兰皇后如花似玉，天仙般容貌，处处招人陶醉。

这时国王对伊尔汗皇后说："当初如若你选择了夜明珠锦袍，此时穿上它，会更加光彩夺目。而现在，你就比荷兰皇后稍有逊色了。"

伊尔汗皇后听见了国王赞美荷兰皇后，心中大为不悦，一时气愤，把手中的一盘珍肴一下子扣在国王头上，顿时，国王满身汤水流了下来。

这时国王大怒，站起来立即召见宰相伊拉士说："我是一国之君，受到这般侮辱，这是犯上作乱。按王国的法律，将这个贱妇带出宫去，立刻处以死刑。"

宰相伊拉士奉命将伊尔汗皇后带出宫外。他想，我暂时不能执行国王的命令，待国王怒气平息之后，我再见机行事。到了那个时候，我再处决也不迟。

他认为，国王在盛怒之下发出的这道命令，那不是真心要杀掉皇后，因为，皇后救过他的命，而且，国王爱皇后如同自己的生命一样。像这位又贤淑又天资聪慧的皇后，也受到了人民的爱戴，若是我把她杀了，事后国王回心转意，再责备下来，我将如何对国王说？

于是，宰相伊拉士暂且把皇后藏起来，静观事态的变化，倘若国王表现出后悔的意思，就把皇后送回皇宫，这个美好的行动既能救了皇后，又能迎合国王的心愿。

话又说回来，倘若国王无回心转意的意思，下决心认为皇后犯上，罪

不应赦，到了那个时候，我再执行国王的命令。

宰相伊拉士主意已定，毅然决然地，请皇后到宰相府居住，并命家中仆人、侍从尽心侍奉这位贵人。

他安置妥当之后，便把自身佩戴的宝剑，抹上血迹，进宫向国王汇报，并表现出悲哀的样子说："关于伊尔汗皇后的事情我已遵命执行了。"

这时国王怒气已经平息下来，他冷静地回忆伊尔汗皇后为他所做的一切，件件都是为了王国的繁荣。她才学超群，巾帼不让须眉，是女子中的豪杰，她的温顺是举世无双的。我真的下令，将这位美丽的皇后杀了吗？但愿宰相没有执行他的命令，他难以启口来证实这个不敢想象的事实，他知道宰相素来是慎重从事的人，决不会做出那样鲁莽之事。国王心事重重百愁不解。

宰相早已看出国王的心事，便说道："国王陛下不必悲伤，悲伤对身体是有害的，如若国王允许的话，小臣有一个故事，可以为陛下解解闷。"

国王道："你就讲吧。"

宰相道："有一对鸽子，经过了一段时间相爱之后，便组成了一个和睦家庭，小两口你尊我敬，日子过得非常和谐。有一天，雄鸽子说：'现在我们在野外觅食，是非常容易的，家里所存放的麦子，不必动用，等到冬天来了，野外找不到食物的时候，我们再动用家里的麦子。'

"雌鸽子说：'你的这个主张，我举双手赞成，这个办法很好，免得冬天来了挨饿呀。'

"过了几天，雄鸽子有公干外出了几天，而家里的麦子，渐渐干枯了。雄鸽子从外面回来，见到巢里的麦子没有以前那么满，便对雌鸽子道：'我们曾经商量过，暂且不吃家里的麦子，你怎么动用了它？'

"雌鸽子听了雄鸽子的问话后，发誓说没有动用过一粒麦子。雄鸽子不但听不进去雌鸽子的辩白，反而用嘴啄它，因此雌鸽子受了伤害而死亡。

"后来冬季来临，雨水降落，麦子被雨水浸泡，开始膨胀起来，雄鸽子看到了这些，才恍然大悟，自己冤枉了雌鸽子，心中十分悲痛，便独自来到雌鸽子墓前，哭泣道：'你被冤枉而死，都是我的过错，我追悔过去，几乎肝肠寸断。'它悲伤到了极点，不吃不喝，守在雌鸽子墓地悲痛而死。"

宰相继续说："聪明人，遇事总要三思而后行，尤其是事情过后让人后悔的事，更要三思，千万不能像雄鸽那样悔之已晚。另外，我这里还有一个故事，不妨讲给国王听听。宰相说："有一个小商贩，头顶一篮子青豆，在狭小的羊肠小道行走，由于太疲劳了，小商贩将篮子从头顶上拿了下来放在地上，稍休片刻。

"这时树上有一只猴子，看见了这篮青豆，急忙从树上下来，抓了一把豆子，匆匆蹿上树去，不小心又从爪中掉下了一粒豆子，猴子又从树上下来，寻找那一粒豆子，结果失落的那粒豆子没有找到，反而将爪中的全部豆子撒落在地上。"

宰相又说道："国王后宫嫔妃成千，现在你还不满足，又何必念念不忘已经不在人世间的伊尔汗皇后呢？"

国王听了这些故事和宰相所说的话，深信皇后是死了，他便责备宰相道："你只听了我的一句话，也不动动脑子就将皇后处决，我问你为什么处决皇后那样匆忙呢？"

宰相答道："国王的命令，小臣岂敢怠慢。"

国王道："只因为你杀掉了伊尔汗皇后，却打乱了我平静的生活，使我抱恨终生。"

宰相道："世界上有一种人可以抱恨：他们只图一时的快乐，却忘记了来世的惩罚。"

国王道："假如我再能看上伊尔汗皇后一眼，心中的一切烦恼就会烟消云散。"

宰相说："世界上有两种人没有必要自寻烦恼，一种人是乐善好施者，第二种人是永不犯法的人。"

国王道："伊尔汗皇后呀！我多么想看看你呀！"

宰相道："世界上有两种人看不清事情真相，一种是两眼失明的人，另一种是无智慧的人。失明者看不见日、月、星辰，分辨不清远近；无智慧的人看不见善恶，分

不清是与非。"

国王道："假如我再见到伊尔汗皇后，我就是世界上最快乐的人了。"

宰相道："世界上有两种人最快乐，一种是有眼光的人，一种是有学识的人。有眼光的人，他能看出世界上一切事理，因此最快乐；有学识的人能够分辨出是与非，善与恶，并能引导他们走上正确的道路。"

国王道："我应当远离你这个经常在我面前喋喋不休的人。"

宰相道："世界上有两种人应该远离，一种是善恶不明，赏罚不清，不明确自己的权利和义务的人；另一种是无恶不看，无恶不听，无恶不想的人。上述两种人，我是不在其中的。"

国王道："自从伊尔汗皇后不在人世之后，我夜不能眠，辗转反侧，仿佛丢了魂一样，无时无刻不想念她呀！"

宰相伊拉士看到国王那样思念伊尔汗皇后，对他产生了无限同情。他想，如果这样下去，久而久之会伤害国王身体的，于是他鼓起勇气，向国王说明了事实真相。

他说："伊尔汗皇后没有死，她尚在人间。"

当国王听到这个突如其来的消息时，高兴得几乎昏厥过去，于是国王说："知我者乃宰相伊拉士也，我已料到你绝不会轻易执行那个命令的。

"至于伊尔汗皇后当时的举动，并非仇视我，而是女人之间的嫉妒罢了。宰相伊拉士呀！数天来我一直沉浸在悲哀之中，今天真相大白，我该如何感谢你呀！

"现在你快马加鞭，把伊尔汗皇后接回来，我一刻也等不了啦。"

宰相听了国王的吩咐，立即回府，将宫中的一切转告给了伊尔汗皇后，并督促她梳妆打扮，跟宰相一起回宫。

这个突如其来的消息使伊尔汗皇后受宠若惊，眼前仿佛出现了一个崭新的世界，是那样丰富多彩。

伊尔汗皇后进皇宫拜见国王说："妾罪该万死，当初不该用粗暴的行动对待国王，这是不尊重陛下的表现。现在幸得陛下恩慈、宽恕，使妾能再生，皇恩浩荡，我铭记在心，永远不能忘怀。我还要

感谢好心的宰相伊拉士，他把我从死亡中解救了出来，有朝一日与陛下重新团聚。"

国王道："宰相的功劳很大，救了我心中最喜爱的伊尔汗皇后，从此，我享受到了无限的幸福，今后，我更要敬重好心肠的伊拉士宰相，现在我当众宣布：今后，凡是国家一切事物，都由宰相主持。"

宰相道："小臣只不过是陛下的一位奴仆，那样的重担，小臣确实不敢承担，只能听命于陛下的调遣。我只希望天下后悔的事情不要再重演，尤其是万民爱戴的伊尔汗皇后，要更加受到尊敬。"

国王道："你忠言相告，我从内心深处已经领会了，今后在处理国家政务方面，定要同文武大臣们商量，集思广益，方能使王国更加强盛。"

于是国王下令惩罚婆罗门，嘉奖宰相伊拉士。

这里还要特别提到的是大哲学家凯巴露尼，凭他的渊博知识解救了宰相伊拉士和伊尔汗皇后。

教士和客人

国王达卜舍里姆对哲学家白德巴说："你刚才的比喻，我已听清楚了。请你再给我举一个例子，说明一个人的情况，他最不愿意做适合于自己的工作，偏要做一些自己办不到的事情，结果弄得他惶惶不可终日，无所适从。"

于是，白德巴便讲了下面的故事：

 教士和客人的故事

在库尔赫这个地方，有一位教士，是虔诚的修道者。有一天，一位远方客人慕名前来拜访他，修道士就将这位客人安排在自己家里居住。为了宽待客人，他把家中枣子端出来让客人品尝。枣子吃起来香甜可口，客人非常喜欢，不一会儿，就将一盘枣吃得干干净净。

客人对教士说："这种枣子很好吃，我的家乡不出产这种枣。另外，我有个要求，能否帮我找几棵树苗带回去，栽种在家乡的土地上？同时也请你教我栽种的方法，为了明年有个好收成。"

教士回答："你要求的事情，对我来说是轻而易举的。我所担心的是你的家乡不适宜栽种枣树，况且，你们那里水果很多，何必缺几棵枣树呢？从医学角度来讲，枣子吃多了难消化，对胃有伤害。"

教士继续说："我奉劝你，虽然有着良好愿望，但不顾客观事实，盲目去做，最终要失败的。"修道士讲的是希伯来语，是那样的纯净、动听、流畅，听起来让人非常羡慕。出于好奇，客人开始学习希伯来语了，没有几天，他觉得很困难，索性就放弃了学习。

教士说："语言是一门科学，不下苦功夫是难以掌握它的。你急于求成，不但学不到希伯来语，我担心，连自己的母语都会忘掉的。这个事情是屡见不鲜的，我奉劝你，不要像乌鸦那样折磨自己了。"

客人问道："乌鸦是怎么回事？"

教士答道："有一只乌鸦看见鹧鸪鸟在草地上行走，它走路的姿势是那么优美、可爱、漂亮，像天鹅飞到了人间，令它非常羡慕。于是乌鸦就模仿鹧鸪鸟走路的样子，走了一段时间，乌鸦觉得浑身酸疼，身体有些不舒服，心想学习鹧鸪走路，真是困难呀，立即决定不再学习了，一心想恢复原来走路的习惯。但是，乌鸦的脚，不像以前那样灵活了，你看它，走起路来，一歪一扭的，所以飞禽们看到乌鸦走路，都嘲笑它。

"我举这个例子，无非是向你说明，丢弃自己语言，而去讲半生不熟的希伯来语，那是白费力气不讨好。常言说得好，强迫自己去做根本办不到的事情，是愚蠢的行为。"

教士和客人

175

母狮、猎人和狐狸

国王达卜舍里姆对哲学家白德巴说："你举的这个例子我已经明白了。请你再举一个例子，说明一个人受到了别人的伤害，他却不顾个人的痛，从自身中得出经验教训，毅然做出决定，将自己所受的痛苦不能再强加于他人身上，包括伤害过自己的人。"

　　哲学家白德巴说："你要知道，当你侵犯别人的时候，势必招致报复，即便时机未成熟，受害人未达到目的，但对侵犯者来说，时时提心吊胆，防止受害者前来报复。因为一个人受到别人的侵害，他会去报复，这种情况正如母狮、猎人和狐狸的故事一样。"

　　国王达卜舍里姆问哲学家白德巴："那是怎么一回事呢？"

　　白德巴便讲了下面的故事：

 母狮、猎人和狐狸的故事

　　有一只母狮生活在森林里，它有一对非常活泼可爱的小狮子。有一天它要外出狩猎，就将一对小狮子留在洞里玩耍。正好有猎人从此经过，发现了这对小狮子，于是猎人躲在一棵大树后面拉弓射箭，可怜这对小狮子死于箭下，猎人上前，剥下小狮子的皮，把血淋淋的尸体丢在荒野中，便转身回家去了。

母狮狩猎归来，发现自己的宝贝儿子不见了，它四处寻找，发现在荒野中，有一对幼狮被人剥皮，赤裸裸地丢在那里，它一眼看到了这个凄惨景象，悲伤得几乎昏死过去。

它放声大吼，哭喊着一对小儿惨死在猎人手下，太没有人道了。

母狮的邻居狐狸听到了它的吼声，以为天要塌下来似的，急忙奔出家门问母狮，发生了什么事情。母狮说："猎人杀害了我的一对儿子，剥了皮，还将尸体扔在野外。你想一想，世界上还有比这更伤心的事吗？"

狐狸听完了母狮的叙述之后，便安慰它："不要太过于悲伤。恕我直言，你应该设身处地想一想，今天猎人杀害了你的儿子，他的行为并没有超过你平日伤害别人的程度。世界上，为父母的，没有不爱自己的儿女的，呵护它们，健康成长。

"但是，你每天外出狩猎，吃人家的儿女，受害者的父母都能忍受，今天轮到你的头上了，你却大发雷霆，为什么不能忍受呢？常言说得好：'借债者，应当偿还。'你是用什么方法对付别人的，人家也会用同样的办法对付你，善有善报，恶有恶报，正如种庄稼一样，你撒下了什么种子，到了秋天，你会收获什么庄稼，这就叫作种瓜得瓜、种豆得豆呀！"

母狮听了狐狸的话后问道："请你给我解释一下，你刚才说的话，是什么意思？"

狐狸问道："你今年高寿？"

母狮子答道："今年正好是我一百岁生日。"

狐狸又问："你以什么为生？"

母狮答道："吃野兽的肉。"

狐狸问道："野兽的肉是谁给你的？"

母狮答道："每天狩猎得来的。"

狐狸又问道："你所猎到的野兽，有没有父母？"

母狮答道："当然是有父母的。"

狐狸说："当它们失去孩子的时候，我没有听见和看见像你这样大吼大叫的，它们默默地忍着自己的痛苦，把仇恨藏在心里。"

母狮听了狐狸这一番话，醒悟过来，认为过去所做的事情是有罪的，于是它放弃了狩猎，改变生活方式，不再吃肉食，以吃水果为生，从此忏悔、修道，改过自新。

没过多久，一只野山鸡飞了过来（它是这个地区的主人，也是以吃水果为生），它对母狮说："今年的果树没有结多少果子，我以为是干旱缺水造成的，今天我才知道了，以食肉为生的动物，却改变了它的食肉习惯，来吃水果了，我们大家吃不饱原来是你造成的。我认为，你大量吞食水果，不但给果树带来了灾难；同时，也给以吃水果为生的飞禽走兽带来了灾难，大大影响了它们的生活。"

母狮听了野山鸡的话，又改变了它吃水果的生活，开始以草根、嫩叶作为它的口粮，然后虔诚修道。

侵犯他人之事，不应当去做。常言说得好：'自己不喜欢的事情不要去做。"所谓"己所不欲，勿施于人"。

旅行者和金匠

国王达卜舍里姆对哲学家白德巴说："你举的这个例子我已听明白了。请你再给我举一个例子说明一个人的情况，他一生乐善好施，做了不少的善事，但是，他有一个愿望，凡是经过他施救过的人，只要被营救者说一声感恩戴德的话，他就心满意足了。"

哲学家白德巴说："芸芸众生，道德品质各有不同，在这个世界上，人类是最高贵的生物，但是，人类中有好人也有坏人，他们坏的程度还不如野兽，野兽讲义气，所以你在行善施德的时候，必须有选择，认清对方是否感恩戴德，不要向忘恩负义者施恩，也不要和好歹不分的人称兄道弟；对搞阴谋陷害他人者，不要讲友谊，对这些人，只有长期观察之后，方能认清他们的真面目。我奉劝诸君，盲目交友，是很危险的，像这种人，过去有，现在有，将来还会有的，所以有些哲学家，曾打过比喻。"

国王急忙问道："那是怎样一个比喻呢？"

于是，白德巴便讲了下面的故事：

旅行者和金匠的故事

种田人，为了灌溉农田，便在地边打了一口井，行人不留心，往往会跌落到井里。

某一天，有一位旅行者路经此地时听到微弱的求救声，他来到井边伸头一看，井下有一位金匠、一只猴子、一条白蛇和一只雄狮，都奄奄一息，命在旦夕。

旅行者看在眼里，救人之心油然而生。他想，善事应当从这里做起，他打算先救金匠，急忙在附近找了一条绳子，放下井去，但猴子身轻敏捷，抓住绳子先爬了上来；第二次他又吊下绳子，一条白蛇顺着绳子爬了上来；第三次他又将绳子吊下井，那只雄狮爬了上来。

野兽们异口同声感谢旅行者救命之恩，并说："滴水之恩，当涌泉相报，更何况你救了我们的性命，我们会报答你的。"

之后它们又很诚恳地对旅行者讲："井下的那个人你不用去救他。人类不讲

情义者比比皆是，特别是这个人，更是奸诈、阴谋多端，现你救了他，过后他会翻脸不讲情义的。"

猴子向前走了一步对旅行者讲："我家住在距离城市不远的地方，如若你用得着我的话，我随叫随到，你放心，我决不会失约的。"

雄狮也走向前来，对旅行者说："我同样也住在距离城市不远的森林里。"

白蛇也性急地向旅行者表态，说："我的家住在城墙洞里，任何时候，你经过该城市，只要喊一声，我会马上赶来。你的恩德，使我铭记在心，很难忘怀。"

野兽们对井下的那个人有着极大的反感，可是旅行者

认为，它们都救上来了，更何况人类呢，他想到这里急忙将手中的绳子吊下井，把这个人也救了上来。此人免不了向旅行者鞠躬表示感谢，他对旅行者说："你的行动使我脱离了苦难。有朝一日，你再来到这个城市就来我家做客，我会报答你的，因为我是一名金匠，在这个城市里，人人皆知。"

就这样，他们分手了，各自回到了自己的家乡。

数月后，旅行者由于工作需要，又来到了这座城市。途中迎面来了一只猴子，见了旅行者纳头便拜，抱歉地说道："我在这里，手头上没有什么好东西敬奉，请你在此稍等片刻，我去去就来。"不一会儿，猴子从山中带来了许多好吃的水果招待客人，旅行者见了香甜可口的食物，毫不客气，饱餐了一顿。

他们分别之后，旅行者在城门前，碰到了雄狮，它低下高贵的头，向恩人表示敬意，它说："你是我的救命恩人，我永生难忘，请贵体在此停留一会儿，我去去就来。"

雄狮告别了恩人后，飞快地跳进了皇宫内的御花园，悄悄地钻进公主绣房，咬死了公主后将公主佩带的金项链以及宝石、翡翠等贵重物品献给恩人。这些东西的来历，旅行者一概不知，便一一收下，他们寒暄了几句，彼此告别，分手而去。

旅行者进城后，在这个陌生城市里，他举目无亲，便思忖道：野兽们还不忘救命之恩，还有礼物相送。我不知道将这些物品如何处理，还不如去金匠那里走一趟，如果金匠穷困潦倒，我就卖掉这些东西救济他，因为他是一名金匠，知道金子的行情，或许能卖一个好价钱，到了那个时候，我们平分，一人一半。在这个世界上，我又做了一件善事，岂不美哉！

旅行者来到金匠门前，受到了主人热情接待，金匠非常有礼貌地邀请客人走进寒舍，他们寒暄了几句后，旅行者拿出金链、宝石等物品递给了金匠，金匠看了大吃一惊，他知道这些贵重物品，是公主所拥有的，又经他亲手打造的，于是他心生一计，急忙对恩人说："舍下虽然有些东西，但不足以款待尊贵的客人，请你休息片刻，我去街上买些新鲜的水果和一些熟肉来招待你。"

金匠走出门思忖：这是一个千载难逢的大好机会，从此，我就能改换门庭升官发财了。他想到这里，急步向皇宫走去，他来到了皇宫门前，放声大喊，杀害公主的凶手已被我捉到家了。国王听到有人报案，立刻下令将杀人凶手逮捕归案。凶手被解到，国王看了赃物，也不问案，就下令先行拷打，然后再游街示众，最后处以死刑。

当旅行者受到凌辱时高声哭喊："冤枉！"并说道，"当初我要是听了野兽们的忠告，如今我不会走到这个地步，也不会受到惨无人道的折磨。"这句话，他反复说了数次，被洞里的白蛇听到了。当它看到救命恩人受难时已知事情的严重性，它就想方设法营救他。

事不宜迟，白蛇溜进了太子宫，悄悄地爬到了太子的脚面上，狠狠地咬了一口，然后立即去见它的好朋友神医，它说："我有一位曾经救过我命的恩人，现在遭人陷害，命在旦夕，所以我来求你，助我一臂之力，将恩人拯救出来。"

白蛇将救恩人一事托付给了朋友神医之后又溜进监狱，将它如此这般的行动告诉恩人，它又从嘴里吐出两片树叶交给了恩人，并告诉他使用的方法，以及治疗蛇疮的特效功能。

　　当国王得知太子被毒蛇咬伤的消息，吓得脸无血色，软弱地瘫痪在地上，几乎昏死了过去。国王苏醒后，立即宣御医进宫为太子治病。经过诊断，御医给太子服用了上等药材，但无济于事，太子的疼痛无法止住，为此，御医们面面相觑，束手无策。在这无可奈何的情况下，神医站了出来说："我有一位妙手回春的朋友，就是被国王投入监狱的旅行者，太子的蛇疮只有这位旅行者才能医治。"

　　国王听了这位神医的话，立即下令，召狱中的无辜者进宫，为太子治疗毒疮。旅行者对国王说："我本不是医生，更谈不上医术高明，不过，我这里有两片玉叶，将它熬成汤药服下，太子的毒伤会立即痊愈。"

　　当太子服下汤药后，奇迹出现了，瞬间，疼痛止住了，肿也消失了。

　　国王对此非常高兴，感谢他治愈了太子的病，并询问旅行者的经历。旅行者毫不隐瞒地把他的经历一一地告诉了国王，国王听了非常高兴，要重重奖励这位乐善好施的旅行者。同时下令将金匠绳之以法，游街示众，然后处以死刑，因为他知恩不报，见利忘义，与恩人反目成仇，这

种不义之人，留下何用，杀之以警诫世人。

哲学家对国王说："金匠所以有这样的下场，是因为他忘恩负义，恩将仇报，所不同的是，野兽们却感恩戴德，不忘救命之恩，这两种态度值得我们深思。"

与人为善，亲近善良人，是有好报应的，会得到幸福；远离恶人，不同他们同流合污，当然内心是坦然的，永远是幸运的。

卡里来和笛木乃

王子和旅伴们

国王达卜舍里姆对哲学家白德巴说："刚才你所叙述的故事，含有深奥的哲理，当然善于思考的人做事才能谨慎而稳重，面对复杂多变的事情，只要肯用脑子，种种困难会迎刃而解。

"不过我还不理解的是，一个平庸之辈，既无才华，又无技能，却瞬间青云直上，取得高位，获得幸福，而精明强干的人，却屡遭摧残、迫害，这又是为什么呢？"

哲学家白德巴说："一个人有眼才能看，有耳才能听，同样，做任何事情也必须善于用脑，认真思考，这样才能事半功倍，圆满成功；但是命运注定越过了这些，正如王子和他的旅伴们一样。"

国王说："那是怎么一回事呢？"

白德巴便讲了下面的故事：

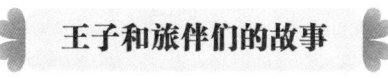

王子和旅伴们的故事

有四个旅伴将自己心爱之物变卖也难维持长久的旅途生活，囊空如洗，陷入困境，于是他们商议拿出一个妥善的办法，解决当前危机，四人议论纷纷，各述己见，都想施展自己的才能，进行工作，来维持四人生计。

王子说："每个人的命运决定他的一生，无论你浪迹天涯海角，你的脚步，浓缩了人生的酸、甜、苦、辣。一生的得失、荣辱全由命运二字来决定，所以我们应耐心等待，静候命运的到来。"

商人说："聪明才智是可贵的，人们常说：'智者取其谋，愚者取其力。'事业的成功，智慧决定一切。"

俊美少年说："世界上最可贵的是美貌，有了俊美脸蛋，何愁无谋生之路。"

农夫说："世界上没有比勤奋更可贵的了，天道酬勤，亲耕自家田，不食皇家粮，这是劳动者的本色；劳动是神圣的，只有劳动才能创造一切。"

四人说着话，不知不觉地来到了米塔陆里城附近，便席地而坐，经过一番商议，最后决定，派农夫进城，找出一条谋生之路，获得四人一天的食物。

农夫进城后，经过一番调

查，对该城的情况有了一个初步了解，然后他就向人们打问这个城市什么活路最能赚钱，有人告诉他，这个城市木材奇缺，离城六公里，有一伐木场，如若能吃苦，不怕劳累，可以去那里将木材运回来，然后卖掉，就可以赚到一笔钱。农夫听了陌生人的指导，欣喜若狂，便随同运木材者来到伐木场，挑选了一担木柴回到了城市，以一个迪尔汗的价钱出售了，然后，他买了一些食物，带回去给他的同伴们，当他经过城门口时便在城门上写了一行字：劳动一天，获得的代价是一个迪尔汗。

第二天，轮到俊美少年出去谋生，旅伴们鼓励他用自己的美貌博得众人的欢喜，换取一天的生计。于是少年信心十足地向城中走去，途中少年思忖：自己身无一技之长，也不善于经营，怎么去谋生呢？如若空手回去，有负朋友们的厚望，于是当即决定，从此与旅伴们脱离关系，改变道路，向另一个方向走去。

他走着走着，来到一个大树旁，背靠大树，稍作休息。少年不知不觉地进入梦乡，这时正巧城中有一位大人物路经此地，被少年的英俊给迷住了，他以异样的目光无限深情地看着少年，发自灵魂深处的赞叹：你真是一位世界上绝无仅有的美男子，富家子弟，流落到这里，真是难为你了。

这位大人物唤醒了少年，赠给他五百迪尔汗，于是英俊少年便带上这五百迪尔汗回到了旅伴们中间，他经过城门口时便在城门上写了一行字：我的英俊价值五百迪尔汗。

第三天，旅伴们对足智多谋的商人说："今天你进城去，用你的智慧和经营手段，为我们谋一天的食物吧！"

商人说："这件事对我来说最容易不过了，只要我出去，会使你们满意的。"于是商人出发了，他来到海滨，看到一艘商船，停泊在港口，船里装满了将要出售的货物，有一群小商贩也纷纷从远方赶来，但是他们商议好了，先不要和船主计价，让其货物滞留三四天，货主会自然而然降价出售的。

商人听到了商贩们的议论，就果断地来到船主那里，并许诺以十万迪尔汗价格买下船上的货物，并扬言将货物移向他方，不在当地出售。商贩们听到了这个消息，唯恐失掉赚钱的机会，便纷纷前来购买，就这样船上的货物很快就销售一空了。经过结算，商人赚了许多钱，带回旅伴们那里。他经过城门口时便写下了一行字：一天的智力活动，净赚了一万迪尔汗。

第四天，旅伴们对王子说："今天轮到你为我们谋生了，你曾经说过，命运决定一切，那我们就看看，命运为你创造幸福吧！"

王子告别了旅伴们，独自一人向城中走去，不到一个时辰，便来到了城门口，他坐在城门口石墩上，悠然自得地向过往行人点头致意。

忽然噩耗传来，本国国王不幸仙逝了，国王无儿无女，谈不上有继承人了。国王的仙逝，使全城百姓都沉浸在悲哀之中，唯独王子，既不带孝也不伤悲，无动于衷。老百姓看在眼里，对王子的反常举动心中非常不满，守城官员对王子说："年轻人，我看你坐在这里，对国王的逝世，无任何表情，那就请你走吧！远远离开这个城市。"王子听了官员的警告，暂时离开了这个地方，但不到一个时辰，又转回来坐在门墩上一动不动。

当众人将国王后事料理后，从墓地归来，仍然看见年轻人坐在城门口，他们愤怒了，有人说，先拿下囚禁起来，然后再发落。

次日众百姓聚在城中广场，商讨如何处置这个无情无义的陌生人。众人议论纷纷，默哀一时，最后，他们推举出城中长老和有威望的酋长前去询问这个陌生人的来历。

王子说："我是法维兰王国的太子。父亲逝世后，我的胞弟窃据了王位，我在城中无立足之地，为了保全自己，就流落到贵国。"当王子提到法维兰王国时，众人中有人喊道："我游历过法维兰国，法维兰国国王是一位贤明的君主，他爱民如子，为国操劳，励精图治，深受百姓的爱戴。"

长老们听到了这位青年人的叙述之后，便知他有高贵血统，是国王的后代，又是王太子，何不请他做我们的国王呢？长老的这一席话，得到了众人的赞同，纷纷表态，一致拥戴这位年轻人做了他们的国王。

按照当地人的风俗，凡是新国王登基，都要骑白象巡游四方，而这位王太子也不例外，他骑上白象也巡游了一番。

当礼议完毕，路经城门口时，他下令在城门上写上：勤奋、俊美、才智以及每人一生中所碰到的吉凶、好坏，都是命运所注定的。

新国王回到皇宫后，下旨召见三位旅伴，封足智多谋的商人为国家宰相，委托刻苦勤劳的农夫管理全国的农务，并下令给俊美少年许多财帛，让他离开这个国家，免得人们以他的俊美而受到迷惑。

随后他又召见了当地的社会名流，他讲道："你们亲眼看见了吧！我的旅伴们都有了自己的归宿，这是我所愿意见到的。回想当初，当我的胞弟驱逐我逃出皇宫，我已成了一个无家可归的流浪汉，一路风尘仆仆，才来到了你们的国家，贵国是一个人杰地灵、人才辈出的福地，有社会贤达、名流、沙黑、长老，他们个个胸怀大略，有治国的才能。我要求你们一心一意辅佐我，我们共同努力，建设繁荣富强的国家。"

众人中有一位长老站起来，富有深情地对国王说：

"陛下的一席话具有深邃哲理，我们有你这位贤明国王，这是我们的福分，我们也感到无比骄傲。"

另一名长老站起来，非常恭敬地说："我曾在一位富人家做过临时工，虽然衣食无忧，但深感前途渺茫，无发展空间，于是我萌生了离开这个富人家，另辟致富之路的想法。在我临走时，主人给了我两个金镑作为我为他打工的酬劳。如何使用这两个金镑，我不能独享，打算将其中一枚用于慈善事业，将另一枚留下自用。

"我漫步于城市街区，不知不觉地走到城东贸易市场，这里物资丰富，商贾云集，人来人往，熙熙攘攘，又是各种货物集散之地，可以与著名的阿卡兹市场相媲美。就在这时，有一位猎人向我迎面走来，他手中有一对待出售的戴胜鸟，我走向前去打问该鸟的价值，猎人答道，言无二价，只要两镑迪纳尔。我努力使价钱降下来，商人不肯。我想买一只又怕这两只鸟原是一对夫妻，如果买一只就拆散了它们俩情侣姻缘，我于心不忍，便下决心，以两镑迪纳尔成交了。

"此时此刻，当我看到这两只鸟时，怜悯之心油然而生，想着放生回归大自然吧，但又想到戴胜鸟长时间被猎人囚禁，即便放了生，也许会落入他人之手。于是我带上它们，远离喧嚣城市，奔赴深山老林，恢复了它们的自由，眼看着它们降落在大树上，点头向我致意，同时我又听到了一只戴胜鸟对它的同伴说：'这位旅行者，从患难中拯救了我们，对这位好心人的恩德我们不能不报答呀！'另一只戴胜鸟回答说：'这棵大树下就有一瓮黄金，我们设法让他取走好了。'

"我听了两只鸟的对话，便诧异地问道：'你们能看到土地下面的宝藏，但是对猎人捕捉鸟的网，怎么视而不见呢？'

"戴胜鸟听了我的问话，微笑着说道：'月有阴晴圆缺，人有旦夕祸福。命运注定我们遭此一劫，谁能躲避得了？我们只好听从命运的摆布了。'

"我按照戴胜鸟的指点，就地挖掘，果然一瓮金币出现了，我感谢戴胜鸟使我走上富裕之路，我祝它们永远获得自由。

"获得了金币，我不能隐瞒，立即向国王禀报，并说明了获得金币的经过，如若国王有令，我会将黄金交入国库的。"

国王回答："应该属于你的财宝应归你所有，没有必要上交国库。"

鸽子、狐狸和白鹤

国王达卜舍里姆对哲学家白德巴说："你举的那个例子，我已听明白了。请你再给我讲述一个人的例子：他一生只为别人着想，唯独不考虑自己。"

哲学家说："国王陛下，你说的这个情况，就像鸽子、狐狸和白鹤的情况一样。"

国王问道："它们的情况如何？"

白德巴便讲了下面的故事：

 ## 鸽子、狐狸和白鹤的故事

有一只美丽而漂亮的小白鸽，妄想在高入云霄的椰枣树顶端建造一座房子，而椰枣树极高，在树梢上筑窝不是一件容易的事情，它经过了许多日子的勤劳，克服了许多困难，终于大功告成。房子建成后，抱窝的时间到了，小白鸽产下两枚蛋开始孵卵，没有多长时间，雏鸽破壳而出，小白鸽高兴极了，它逢人便讲，一时间，成了百鸟谈话的主题。

住在深山里的狐狸，闻讯小白鸽有了儿子，它飞快地从山中来到了椰枣树下，大声疾呼，恐吓小白鸽把儿子扔给它，否则，它会爬上树来，捣毁小白鸽的窝，吃掉小白鸽的全家。小白鸽为了顾全这个家，对待凶恶的狐狸束手无策，只好忍痛割爱，将自己心爱的宝贝儿子扔给了狐狸。从此，小白鸽伤心欲绝，一蹶不振。

过了没有多久，小白鸽的第二胎又出世了，可是它一直高兴不起来，它思忖：如若狐狸再来，我可怎么办呢？在这危难时刻，远方飞来了一只白鹤降落在小白鸽筑窝的椰枣树上，它们相见后，白鹤诧异地问道："白鸽小妹呀，我看见你愁眉苦脸，非常沮丧，难道你心中有为难之事吗？请讲出来，或许我能帮上你的忙，解除你心中的疑难。"

于是小白鸽将狐狸的所作所为叙述了一遍，继续说："狐狸还威胁我说，如若不按照它的话去做，它会上树来，捣毁我的家，吃掉我的宝贝儿子。所以现在我的身家性命，全掌握在它手中。"

白鹤听了小白鸽的叙述，哈哈大笑起来说："白鸽小妹呀，你被它的威胁吓蒙了。所谓飞禽走兽你能理解其含义吗？你是禽类，能在辽阔的蓝天白云下，自由地翱翔；而狐狸是兽类，是在大地上行走的动物，它哪有爬树的本领呢？

"好吧！如若它下次再来时你就大胆对它说：'狐

狸呀，你是世界上人人口诛笔伐的动物，你就是勾引、迷惑、欺骗、害人的代名词，我不相信你那一套骗人的鬼话，我的儿子就在树上，如果你有本领的话，就上来取吧！我是有翅膀能飞的禽类，决不怕你在大地上行走的动物。'"

白鹤给小白鸽壮了胆，教了自救的办法，便飞向河畔湿地觅食去了。

白鹤刚刚离开，狐狸就出现了，它站在大树下，大声高呼，像往常一样威胁小白鸽。而小白鸽坦然地对狐狸讲道："你这个坏家伙，我已识破了你的诡计，谁能心甘情愿地将自己宝贝儿子交给你？若是你真能上树来，那就来吧，我和我的儿子耐心地等待你。"

狐狸听了白鸽的话，非常诧异地问道："你告诉我，是谁这么大胆教你这样说的？"

小白鸽回答道："是白鹤先生教给我对付你的办法，现在它飞往河滩捉小鱼去了。"

狡猾的狐狸沉默了片刻，自己定了计谋以后，就向河滩奔去。不一会儿，它发现白鹤站在河边忙着捕捉小鱼呢。于是狐狸向前走了一步，向白鹤先生请了安说："白鹤先生，如果风从左边吹来，你的头偏向哪边？"

白鹤回答："右边。"

狐狸又问："风如果从右边吹来，你的头又转向

哪边？"

白鹤答道："当然是左边了。"

"我再问你，如果风从四面八方吹来，你的头又转向哪一边。"

白鹤答道："我可以把头藏在翅膀低下。"

"我明白了，你这种灵活巧妙的办法，既能避风又能防寒。"

狐狸继续称赞道："你一个小时学会的东西，我们需要一年的时间才能掌握。我有一个请求，你是否能做一次示范动作，也让我开开眼界呢？"

白鹤答道："那是最容易不过的事了，你等着瞧吧。"于是，白鹤非常巧妙地将头藏在翅膀底下。霎那间，狐狸趁机扑了上去一口咬住白鹤的咽喉，这位单腿独立的白鹤先生，就一命呜呼了。

狐狸阴谋得逞后，大声喊道："白鹤先生，你聪明一世却糊涂一时，你能为小白鸽出谋划策，但是你对保护自己是无能的，在你不知不觉中，成了我口中美餐，你自己害了自己。"它饱餐之后，扬长而去。

结束语

国王与大哲学家谈话到此结束了，国王默默无言。

大哲学家开口说道："国王呀！首先，我祝贺您万寿无疆，万事如意，权倾七州！你的臣民们在你的无限关怀下，无忧无虑地过着美满幸福的生活。

"你的胸怀像大海一样宽阔，你的言谈举止落落大方，是百姓们永远学习的榜样；你事事躬亲，身先士卒，这是做国王的最好美德；你拥有雄兵，决胜于千里之外，你的大智大勇在重重困难面前，一展才华，万事迎刃而解。

"我为你完成了这本书，回答了你所提出的问题，同时也表达了我对你的忠诚，我竭尽全力编写了这本书，其目的是让国王用自己的智慧和才华，处理国家和民间各项事务。"

附 录

拜尔扎威出使印度

　　理智能主宰一切。在人类社会中，建立和谐美好的社会都和理智分不开。所以说，理智是万能的因，是幸福的源。只要人类有完美健全的理智，那么一个美好的社会就会呈现在你的面前。

　　理智仿佛潜伏在人体内，就像火花藏在石头内部一样，只需两块石头相碰就能迸出火花。人的阅历越多，理智就会更加完美和丰富。凡是理智高明的人，他一定会热爱生活，他的理想和愿望也能得到实现。

　　波斯国王艾努·赛尔德·施尔旺拥有超人的智慧，是历代国王所不能及的，人们称他是当代最有才华的国王。有一天，他在书房里读书，发现一本书中记载着这样一件事：印度国库里藏有一部宝书，得到它，就会成为这个国家的镇国之宝。于是，国王命令宰相拜布祖尔·吉木亥尔寻找一位才华出众、品学兼优并能通印度和波斯两种语言的哲学家来完成这项使命。

宰相走访全国各地，在学术界和社会名流中物色人选。经过多次考察，最后决定将既是著名医生又是语言学家的拜尔扎威推荐给国王。医生拜尔扎威在宰相的陪同下走进了皇宫，他诚惶诚恐地匍匐在丹墀之下，向国王行叩拜礼，然后聆听国王的教诲。

　　国王说："拜尔扎威呀，宰相告诉我，你是一位智勇双全、勤奋好学、品德高尚的哲学家。历史书中记载，在印度有一部珍贵的书封存在宝库中。我将派遣你出使印度，你要做好充分准备，运用你的智慧和才能，见机行事，从印度宝库中将这部珍贵的书弄到手。除此之外，你还要留心，只要我们国家书库中没有的书籍，你也都同时取来，以便充实国家的宝库。拜尔扎威呀，你在出使印度之前，要带上足够的钱财，作为学习的费用。我告诉你，我国的金库是专为你开放的，在印度无论花销有多大，王国都会为你承担。"

　　拜尔扎威离开了皇宫，开始做出发前的准备工作。他选择了吉庆的日子，随身携带了二十袋金币，每袋金币装有一万个迪纳尔，然后步行到皇宫向国王和宰相告别，在众人的相送下，向印度出发了。

　　拜尔扎威经过长途跋涉，风餐露宿，在一个晴朗的早晨终于到达了目的地——印度。在这个美丽的国度，他立即开始了不寻常的工作。

他广交朋友，经过一段时间的努力，结识了印度的王室贵族、学者、哲学家、社会名流和各阶层人士，有时候他将这些社会贤达邀请到自己的学社做客，以表示敬意。

拜尔扎威向他们讲道："我是一个远离家乡的客人，不远万里来到印度，就是为了求学，我也希望你们伸出友谊之手，多给予教诲，帮助我完成学业。"

为了深层次隐瞒他这次来印度的真实目的，拜尔扎威

数十年来，装着什么都不懂，向印度学者学习自己其实早已懂得的知识。他经过长期的考察，在众多的朋友当中最终物色了一位可靠的知心学友。这位学友真挚、坦率，遇到共同关心的问题，他总是推心置腹，畅所欲言，阐明自己的观点。即便这样，拜尔扎威仍然只字不提他来印度的真实目的。

为了对这位学友做进一步的考察。有一天，俩人正对有关学术问题进行讨论而争执不休的时候，拜尔扎威认为时机已到。他非常严肃地对学友说："今天我不能再向你隐瞒来印度的目的了，多年来我一直将其隐藏在内心深

处，没有告诉任何人。我们相处多年，够得上是知心朋友了，今天我将真相透露给你。"拜尔扎威说到这里，他的学友抬手阻止他继续说下去，并说："多年来你虽然守口如瓶，但从你平时的行动中不难发现，你是为了一个远大的目标而来——说穿了，你是来到我们国家想从宝库中窃取珍贵的文物，得手后，带回去献给你的国王的。虽然我看穿了你的计谋，从中也领悟到了你的决心和志向，但多年相处，我从未失言，为你保守了秘密，因为我敬佩你的才华，也愿意和你做好朋友。像你这样的人为了完成使命，在异国他乡苦熬几十年，一般人是很难做到的。这里，我举出八种德行：一是要文雅、宽厚；二是要有自知之明；三是要顺从廉洁的国王；四是要善于认识最信赖的人；五是身居高位不骄不躁，不依势欺人；六是对己对人都能保守秘密；七是说话要谨慎，掌握分寸，不阿谀奉承；八是说话要有针对性。实践证明，你是具备了这八种德行的人。由于我们是志同道合的好友，我愿意帮助你，实现你的愿望。"

拜尔扎威说："我心中有许多话要向你说，现在事情已经明朗化了，而且你也向我表了态，自愿帮助我实现我的愿望，你的慷慨和仁慈深深地感动了我。在印度有你这位朋友，我也心满意足了。有一位哲学家这样说过，秘密存放在有品德的人那里，就像将珍贵物品存放在堡垒里一样牢靠。印度人讲，最宝贵的东西莫过于友谊。谁忠实友谊，就要心怀坦荡，推心置腹，互不相瞒。"

印度学友说："保守秘密在人们心目中是头等重要的，将秘密讲给你最信赖的人，尽管你的朋友守口如瓶，难免也会泄露出去。我认为两人之间所谈之事，不算什么秘密，因为他们之间所谈的事情，其中一方难免要说给第三人，这样传下去，就成了公开的秘密，只要秘密一旦传开，你想掩盖就很困难，一传十，十传百，弄得满城风雨，要是传到国王的耳朵里那就犯下了大罪。你要知道，我们的国王是十分严厉暴戾的。拜尔扎威呀，经过我的深思熟虑：为了朋友，就让我一个人来承担所犯下的罪恶吧！"

拜尔扎威听了这一席话，感动地说："只要我们齐心协力，秘密是不会泄露出去的。"

其实，拜尔扎威的这位印度学友就是宝库的管理人员，钥匙就在他手中。于是两人彼此约定：印度学友每天晚上从宝库中将书偷偷拿出，交给拜尔扎威翻译。数月过去了，拜尔扎威不辞辛劳，废寝忘食，终于将宝书翻译成了波斯文。此时的拜尔扎威如释重负，心情一下欢快起来。白天，他回到寓所，便急不可耐地给国王艾努·施尔旺写了一封信。

国王得知此消息后异常兴奋，他生怕时间长了会有变故，便写信通知拜尔扎威立即回国。拜尔扎威收到国王的信后立即打点行李，拜别了风雨同舟的学友，日夜兼程，兴高采烈地回到了祖国。

国王看到分别已久的拜尔扎威风尘仆仆地从远方归来，虽然显得有些疲劳，但完成使命后的喜悦表情却写在脸上。拜尔扎威站在国王的面前。国王急忙迎上前去，说道："我忠实的仆人呀，你亲手栽种的果实今天终于可以收获了。我为有你这样才华出众的学者而感到骄傲，全国的臣民都会为你而欢欣鼓舞。你放心吧，我会使你感到荣耀的，我会提高你的品级。你现在刚从远方归来，鞍马劳顿，我准许你休假七天，到第八天那天，我会为你举行盛大的庆功会。我的功臣呀，到那时，你可要准时出席呀！"

到了第八天，国王确实为拜尔扎威在皇宫内设宴举行了隆重的欢迎会。学者、名流、皇亲国戚等纷纷应邀出席。当大会宣布开始的时候，人们心目中的功臣拜尔扎威走入会场，顿时一片欢呼声在皇宫上空飘扬。

国王下令为拜尔扎威打开宝库，取出琳琅满目的珍珠、翡翠、祖母绿、其他宝石等金银财宝让拜尔扎威任意挑选。国王说："拜尔扎威呀，我多么希望同你并肩而坐，让你享受和我一样的待遇，你的地位高于皇亲国戚。"拜尔扎威聆听了国王如此亲切、感人肺腑的讲话后说："今天我有这样的荣耀，全凭借国王之助。我不需要钱财，我知道国王陛下乐意赏赐我财物，我是不能推辞的，那就从宝库中选取一样我最喜欢的东西，以表达对国王的敬意。"于是，拜尔扎威进入服装宝库，挑选了一件华丽的礼服，并祝福说："受到恩惠的人应当表示感谢，我祝愿国王陛下万寿无疆、江山永驻。这次我出使印度，虽然受到了一些磨难，但只要能得到国王陛下的喜悦和臣民们的爱戴，我就心满意足了。我有一个愿望和要求希望得到国王陛下的恩准。"国王龙颜大悦，说道："你为国家立下汗马功劳，也是人人尊敬的学者。权力在我手中，不管你提出什么要求，即使是提出平分江山的要求我都会全力以赴，一一照办的。"

拜尔扎威说："国王陛下，我数十年来在国外受到的苦难是微不足道的，不要因此使陛下的王权受到损害，我是您的仆人，为国尽力是我应尽的义务。我回国后，您给我莫大的荣誉，使我受宠若惊，就连我的家人也分享到了不少荣耀。我请求陛下下一道圣旨，命令宰相布祖尔·吉木亥尔·伊本·布哈卡尼为这本书写一篇富有哲理的序言，来讲述我的故事，那我的名字就会载入史册，这就是我最大的光荣了。"

国王和在座的人听了拜尔扎威的讲话都很感动，他们认为这是拜尔扎威一生梦寐以求的愿望。国王告诉他："这个愿望和要求马上就会实现的。"

于是，国王将头转向在场的宰相布祖尔·吉木亥尔·伊本·布哈卡尼说道："你要知道拜尔扎威是忠于王国的，他在异乡千辛万苦，排除种种困难为我国带回来引以为

荣的宝书，我奖励他宝贝他都不以为然，最渴望的竟然是请你给他的宝书作个序，这对你来说是很容易做到的，也是我最高兴的事，你千万不要推辞。同时你要发挥自己的才华，将序言写得有声有色，使宝书更加绚丽多彩。我再告诉你，当你的这篇杰作完成后，我要让你当众朗读，使你的才能也当众展示出来。"宰相听完国王的话，激动地说："请陛下放心，您交给我的使命，我责无旁贷，也是求之不得的。我一定写好这篇序言，让我也随着这本书流芳百世，让您和拜尔扎威满意。"

　　宰相布祖尔·吉木亥尔·伊本·布哈卡尼回到相府，独坐书房，进行认真构思，提笔撰写序言大纲，从拜尔扎威接受起蒙教育那天起笔，逐步叙述他第一次赴印度考察药材，在此期间由于勤奋好学很快掌握了印度语，回国后，在他行医实践中成为一名波斯国著名医生，经宰相

推荐再一次赴印度取回宝书的事。该序言特别对拜尔扎威的哲学思想、品格行为、道德等一一做了详尽的描述，序言写得有声有色。国王、学者、社会名流们听完宰相的朗诵，对他的文笔以及所述的丰富的内容无不赞赏。国王特奖励宰相许多财物，同样宰相也不敢接受，在其中选取了一件王袍作为永久的纪念。

附录二

* 白哈奴德·伊本·撒哈旺撰写的序言

印度哲学家婆罗门首领白德巴给印度国王达卜舍里姆讲述写这本书的缘由。这本书取名《卡里来和笛木乃》，它以飞禽走兽为主人公，是一部雅俗共赏的文学作品。该书讲述了波斯国王科斯鲁·艾努·施尔旺·伊本给巴扎·伊本·法祖吉派遣国内首席医生拜尔扎威赴印度索取

《卡里来和笛木乃》这本书的过程。

他到达印度之后，广交朋友，进行了秘密调查，最

---

* 白哈奴德·伊本·撒哈旺，即著名的阿里·沙海·艾勒·法尔西。

后在印度学友的帮助下，夜间从国王宝库中取出这本宝书进行翻译。作者提醒读者，在阅读这部宝书的时候，必须细心钻研，才能领略出该书的真正含义。拜尔扎威在印度大功告成后凯旋，在国王举行的欢迎会上，拜尔扎威朗诵了这本书。后来，宰相布祖尔·吉木亥尔也为拜尔扎威写了传。对拜尔扎威的生平、出身以及所受的教育，都做了详尽的描述。

阿里·伊本·沙海·艾勒·法尔西说，大哲学家白德巴给国王达卜舍里姆为这部书撰写序言时，提到希腊双角王，亚历山大举兵侵犯西方各国取得胜利之后，又把矛头指向波斯以及东方各国，大军所到之处势如破竹，战事在整个波斯土地上取得了胜利。

亚历山大侵犯他国的野心不断膨胀，他指挥军队又向中国边境进军。在此期间，他下诏书要印度国王归顺，接受他的统治。

印度国王名叫福禄，他具有统率兵马、挥戈疆场的军事才能。当他听到亚历山大领兵来犯的消息时，便戎装执戈，决心血洒疆场。于是他带领训练有素的象兵战马和久经沙场的军队将领与亚历山大决一死战。

亚历山大率领大军集结于印度边境，福录王也率领自己的军队铺天盖地地迎向前来。老谋深算的亚历山大知道这次交战非同小可，如果盲目出兵对自己十分不利，于是下令三军，后撤五十里，挖壕筑垒，安营扎寨，等待时机。

为了战事需要，亚历山大每攻陷一座城市便招募一些
能工巧匠编入
他的队伍中，
在两军交战、
生死存亡的紧
要关头，这些
工匠发挥了很
大的作用。亚

历山大下令工匠们铸造一批空心铜马，马蹄安装进退自如
的滑轮，马背上有铜人骑坐，披上伪装的外套迷惑敌人。
亚历山大命令士兵在马腹内填满火油、硫黄等易燃物品，
然后将其推上前沿阵地。当两军相遇拼杀时，他下令点火
使其内部燃烧，只要象军攻来，象鼻接触到铜马时，必定
烫得象军狼狈逃窜，溃不成军。因此，双角王命令工匠们
要精工细作，这对战胜福禄王发挥了极大的作用。工匠们
将铜马铸造完毕，观星者也选择了宜于出击的日期，然后
亚历山大再一次敦促福禄王投降。这位有血性的国王坚定
地回答："投降，对印度人来说就是奇耻大辱，有本事战
场上厮杀，决一胜负。我告诉你，印度人都是宁肯站着
死，不求跪着活的。你的如意算盘打在印度人身上，那是
大错特错了。"

亚历山大看到福禄王态度强硬，决心对抗到底，就立即指挥大军向前推进。福禄王并不示弱，立即率领军队迎战。两军对峙，福禄王指挥象军，直取亚历山大的马队，大象伸出象鼻要卷铜人铜马，被烫得四下逃奔，骑在象背上的战士也纷纷落地，被大象践踏，一时间死伤无数。那种场面，真是惨不忍睹。

象军败逃，战场一片狼藉。足智多谋的亚历山大看到大局已定，便大声疾呼："福禄王呀，你只有投降才有出路，不要让你的军队白白送死呀！你要知道，凡是不爱护自己士兵的国王绝对不是一个好国王。请下令吧，让他们停止抵抗。我提议，我们两人单打独斗，决一胜负，这个机会千万不要错过。"于是双方拍马出阵，决斗数十回合，彼此都未找到对方的破绽。久经沙场的亚历山大暗示他的将士们齐声呐喊，大军的吼声地动山摇。福禄王怕中了敌人的诡计，回头看了一下。就在他回头一望的瞬间，亚历山大趁机拍马上前，出重拳，翻手一掌，福禄王便落于马下。众将士看到国王落马纷纷上前营救，但为时已晚，福禄王已毙命于乱军之中。

战争结束了，亚历山大委派一名亲信，做了印度的长官。从此，印度的老百姓便在希腊人的统治下，过上了不堪忍受的生活。

亚历山大征服了印度之后，他的侵略野心更加膨胀，他调转矛头，率领大军向另一个目标进发。

亚历山大走后，印度国内也发生了巨大的变化，人们议论纷纷，认为印度是个泱泱大国，反而受异族人的统治，是印度人的耻辱。有人说："不能再这样下去了，只有驱逐亚历山大傀儡政权，我们才有出路。"于是，他们造反了，一致拥戴一位前国王的后裔达卜舍里姆做他们的新国王。

达卜舍里姆登基后，王国逐步走上了往昔的繁荣，与邻国交战还取得了一些胜利。从此，这位国王又不安分起来，他不顾百姓的疾苦，只图自己享乐，骄奢淫逸，荒淫无度，专横跋扈，迷恋酒色，不问朝政，王权岌岌可危，几乎走到了崩溃边缘。大臣们怕引火烧身，也不敢直言相谏，只好听天由命。

国内有一位德高望重的哲学家名叫白德巴，他那崇高的品德，丰富的智慧，赢得了人们的尊敬和爱戴。哲学家目睹国王无道，心中异常烦闷。他在想，用什么良策才能使国王回心转意呢？于是他召集弟子们前来商议，他说："当今国王无道，我们坐视不管那就是犯罪，只有挺身而出，才能制止国王恶习，舍生取义。"他又说："我听说有一位哲学家给弟子题词写道：'与恶人相处，如同乘船下海遇上了大风巨浪，虽然自己没有被淹死，也难免受到一些惊吓。'一个人安于危险，就像一头驴分辨不出好坏。保护自己是人类的本能，动物也不例外，我没有听说过有自寻死路的畜生呢。对犯有错误的人，只有运用无穷智慧，才能获得用千军万马达不到的效果。今天我召集你们前来，就是想听听你们的意见和看法。"众弟子说："你高风亮节，品德高尚，又是我们的导师，在我们心目中，你是最高尚的人，我们的看法，怎能比得上你呢？但是我们知道，同凶残的鳄鱼一同游泳而丧了性命，责任在于自己；明知毒蛇有毒却反其道而行，拔掉毒牙，饮其毒液，因而丧命，罪不在毒蛇。人要进入狮子居住的深山老林，他提心吊胆，生怕遇见狮子出来猎食。如今国王作恶多端，良言相劝无济于事，为此，我们为你担心，倘若国王动怒，怪罪下来，后果不堪设想。"

哲学家白德巴说："你们的话对我来说是有益的，遇事问计于民，受益匪浅。我以我的生命起誓，我决心已下，去皇宫，会见国王达卜舍里姆。你们将会知道我是怎么和国王谈话的。不用担心，我会安然无恙平安地走出皇宫。"

于是白德巴告别了众弟子，义无反顾地向皇宫走去。

大哲学家白德巴身着婆罗门黑色礼服来到了皇宫门前，向士卫官说明来意。不久便听到国王有旨，请来人进宫。于是，白德巴在士卫官引领下走进皇宫。经过御花园，穿过半开的月亮门，走过一段鹅卵石铺砌的甬道，登上几级台阶来到了巍峨的宫殿前。他肃然起敬，向国王行了叩拜礼，然后一言不发，直挺挺地站在下边一动不动。

国王对此举动非常诧异，他判断来人恐有难言之隐，不好启齿。国王又想，一位大哲学家见多识广，深通哲理，论知识在我之上，谁要是不认识哲学家的品德，不尊重他，正说明他是一位毫无理智的愚人。国王想到这里，抬起头来对哲学家说："你有什么要求和愿望就大胆地说出来吧！我会使你如愿以偿的。"国王一反常态，假惺惺地接着说，"我是一国之君，如果你是为民请愿而来，我是求之不得的，礼贤下士，耳听民声，才能治理朝政。你是一位大名鼎鼎的哲学家，按理说，哲学家就是引人为善的，而那些无知之辈、狂妄之徒却纵人为恶。我允许你取消顾虑，大胆地说，即便说错了，我也不会怪罪了你的。"

国王的这一席话打破了沉闷的气氛。于是，白德巴再一次站了起来，向国王行了叩拜之礼后说："承蒙国王陛下厚爱，我站在这里就感到莫大的荣幸，我坦然地向国王表白，我来此的目的不是别的，就是向您进忠言的。这是作为一位哲学家应尽的义务，也是我的责任。"

国王说："白德巴，你就畅所欲言吧，我会洗耳恭听的。"

白德巴说："我认为人之所以区别于动物，在于人类有四大特点，即哲理、仁义、理智、正义。知识、礼仪、思想教育属于哲理，涵养、容忍、庄重属于理智，慷慨、谨慎、自尊属于诚实，善行、勇敢监督属于正义。凡具备这四种美德的人，身居高位不会出轨，今生无厄运，后世无惩罚，人生短暂无遗憾，王位长久无愁苦，遭灾遇难不惊慌，哲理是永不消失的宝库，是常新的装饰品，是回味无穷的珍肴。

"原来，在宫殿前，我没有说什么话，一方面惧怕国王的权威，另一方面古人所留下的古训和格言不断地出现在我的脑海里，使我浮想联翩，仿佛有人在我的耳边说：'要谨言，谨言之中有平安。'我又联想到，有四位学者在出席国王举办的宴席上每人讲出一句具有教育意义的话，其中有一位学者站起来说：'学者的高贵品德是谨言。'第二位学者说：'说话要谦虚，勿逞能，要有自知之明。'第三位学者补充道：'做有益于百姓的事，不说无教育意义的话，要相信福祸相随，皆为前定，方能心安。'

"有一次，来自中国、印度、波斯、罗马的几位皇帝欢聚一堂，其间让他们每人说一句传世箴言。中国皇帝说：'君子一言，驷马难追。'印度皇帝说：'我很惊讶，那些爱说话的人，说对他们有利的话，未必给他们带来好处；相反，说了有害于他们的话反而给他们带来了祸害。'波斯皇帝说：'如果我说了一句话，这句话就能控制住自己；相反我没有说话，那就另当别论了。'罗马皇帝说：'我没有说过的话，当然我是不后悔的；

可是，只要我说过的话，我常常反思。'"

白德巴继续对国王说："在国王面前谨言比夸夸其谈好，管住自己的舌头是人类崇高的美德。既然国王广开言路，让百姓畅所欲言，那我就陈述一下进宫的目的。人们常说'知无不言，言无不尽'，我是为国王陛下的尊严，为了江山社稷而来。作为一名陛下的臣民，进忠言是我应尽的责任。国王陛下，你继承了祖辈所创下的伟业，想当年，陛下祖先统帅军队，南征北战，与反抗者进行了殊死鏖战，攻要塞、打城堡、浴血奋战几十载，才打下了一片美好的江山，统一了天下。人人共知，陛下祖先为王国立下了不朽的功勋。建国之后，他们为百姓施仁政、修美德，做了一系列对百姓有利的事情，为后人所歌颂。

"陛下继承了祖先的大业，贵为一国之君，爱护你的臣民，知道他们的疾苦，是你的头等大事，而今你要仿效祖先的德政，不要对百姓横征暴敛、欺凌弱小、残酷无情。陛下应当收敛自己的恶劣行为，要善待百姓，江山才能巩固，百姓才能拥护你，不然，大好河山会败落在你的

手中。

　　"我的话不是骇人听闻，我以坦荡之心向陛下进忠言，是爱护陛下的。逆耳之言，望陛下三思。"

　　白德巴的话刚一落地，国王就迫不及待地拍案而起，他勃然大怒，用粗暴并带有蔑视的口气说："我没有想到，在我的臣民中还有这样的狂妄之徒！你不过是一个小人物，没有什么资格在我面前说三道四。你可要知道，凡是和我作对的人都要受到惩罚的。"

　　于是，国王下令对这个不知好歹的人判以极刑，择日押赴刑场执行。几个时辰后，国王却改变了原来的初衷，下令将白德巴关进监狱，待捉拿其门人、弟子后再一并处理。

　　弟子们闻讯，纷纷逃命，避难于海外一座海岛上。

　　数日过去，国王对此案不闻不问，近臣们也不敢提起

白德巴的事情。

俗话说得好，帝王是国家最高统帅。在治理国家时应避免四种人的行为：深恶痛绝的暴君、爱财如命的吝啬鬼、人人厌恶的谎言、毫无依据的斥责——动辄得咎、恶语相加。

一连几天，国王想起白德巴说过的话，总是撞击他的心，他认为"向我进忠言，并非是犯上行为，我怎么那样无情地对待这位哲学家呢？更为甚者，判他极刑更不应该。我应听从他的进谏，这才能显得出作为一国之君的高尚品德呀。"

于是国王召见了白德巴。当这位哲学家出现在他面前时，这位国王急不可耐地说道："言者谆谆教导，听着应虚怀若谷。"

白德巴说："我进忠言是为了你的利益，为了百姓的利益，为了国王的江山长久。"

国王要求白德巴将他以前讲过的话一字不漏地再重复一遍。于是白德巴毫无保留地向国王陈述了自己的看法。这时的国王全神贯注地倾听着白德巴的谏言。他一面听，一面沉思，还用手杖轻轻敲打着地面，然后说："你的话很有道理，句句打动了我的心，我会知错必改的。"国王说到这里，下令解除白德巴身上的枷锁，并赠送给他一件锦袍。白德巴伸出双手接过锦袍后便说："既然国王能反省自己，今后可不要出尔反尔呀。"

国王说："你的话是至理名言，使我受益匪浅，我不会食言的。"

国王说："受人尊敬和爱戴的哲学家呀，我要委任你做我的宰相，辅助我治理国家。不知你意下如何？"

白德巴说："谢谢陛下的厚爱。我是一个书生，做学问是我终生职责，宰相一职恐我难以胜任。"

国王说："我已决定宰相一职非你莫属，抗旨者国王要治罪的。"

白德巴对此一筹莫展，只好受命出任宰相，走马上任了。

无巧不成书。印度王国的风俗，凡是新任官员，不分官职高低都要戴官帽、穿锦袍、骑骏马在城内巡视一番。宰相也不例外，也得骑骏马周游一番。

白德巴上任之后，以强有力的手段改变了王国内存在的一些弊端陋习，比如以富欺贫、以强欺弱。他不寻章摘句、墨守成规，而根据国情，颁布了一系列法律法规。从此，王国成为有法必依的国家。

白德巴出任宰相的消息很快传遍了王国的各个角落，海外弟子闻之这一喜讯纷纷回到了自己的祖国，投奔他们的老师。

王国的老百姓把白德巴荣任宰相的这一天定为节日，时至今日印度人每年还在庆祝。

国王依法治理朝政后，宰相再也不用为他以往的恶习分心了，一心一意专心编写有关政治法典，认真思考治国大政方针，时时提醒国王要秉公执法、善待百姓。从此，王国一天天兴旺起来，百姓安居乐业，国内上下莫不欢欣鼓舞。

宰相经常与弟子们相聚。有一天，他对弟子们说："当初我要进谏国王，你们私下议论说，老师要去进忠言，那是得不偿失，现在事实却教育了你们，当初我的做法是正确的。你们要知道，哲学家绝不会干出对百姓无益的事情。"

前辈哲学家说过："一个昏君仿佛吃醉了酒的人，不理朝政，沉醉于酒色之中不能自拔，这就需要学者来唤醒他。扶正祛邪才是学者应尽的责任，而国王也要尊重学者进谏。"

格言说得好："一个人要想实现自己的理想，需要做到三件事情，你的品德才能升华：一是不怕吃苦耐劳；二是要有自我牺牲精神；三是要有浩然正气，正人先正己。只有自己做到了，才能取得良好效果。"白德巴对国王所做的一切努力，正好说明了这一点。

自从国王弃恶从善之后，他除了勤理朝政之外，还专心致志、一心一意地阅读前辈哲学家们曾为他们的祖先所写的一些典籍。从这些典籍中他悟出了一条真理：王国应该有专书记载王国的大事记。比如国王的施政方针、国王的言行、名人传记、对外方略等。

于是，国王召见了宰相，说明了他的理想和愿望。国王说："白德巴呀，你是一位贤明的哲学家。我在先贤帝王宝库里阅读了历代帝王的政绩，这些书籍，有的是国王亲自撰写的，有的是委托当代哲学家编写的。在我担心人们无法避免的那一天来临之时，在我的宝库里，没有留下只言片语，而留给我的只有终生遗憾。我希望你能竭尽全力，发挥你的才智，将王国的

事迹，像历代帝王事迹一样写成书，流传下去，完成我的心愿。另外，有了这部书，能对以后的帝王在处理国事时有所借鉴，使他们少走弯路。"

白德巴聆听了国王的指示，再一次站起来，向国王行了叩拜礼，然后说："幸运的国王呀，你是当代最明智的君主，我祝愿陛下吉祥如意，洪福齐天。陛下心怀壮志，是臣民们永远效仿的榜样。我将竭尽全力实现陛下的宏愿。"白德巴继续说，"完成这部书，敬请国王给我约定一个时间吧！"

国王问道："需要多少时间？"

宰相回答："一年。"

国王答应了他的要求，给了他一年时间，并勉励他安心编写这部大作。

宰相回到府邸，一面构思题材、形式，一面召集众弟子商议此事。宰相说："编写王国大事记，这是我的光荣，也是你们的光荣，从此王国的重大事件就能载入史册了。事关重大，请你们说说自己的见解吧。"众弟子听了老师的话，一筹莫展，拿不出好主意。此时，白德巴思忖："写大事记，如果没有渊博知识和无私奉献精神，这一项光荣任务是无法完成的。正如一条船，航行于大海之中，当遇到惊涛巨浪时，舵手是一个关键人物，他会辨别方向，躲过暗礁、巨浪，驾驶大船安全行驶到彼岸。"

于是宰相打好腹稿，定出写作计划，就连分几个章节、段落，以及目录、序言都做了详细的安排，最后决定同一位可信赖的弟子共同编写。

他命令弟子准备好笔墨纸张以及二人所需之口粮和水，然后开始闭门写作，由白德巴口述，弟子笔录，完成一篇后，经过反复推敲、诵读，才最终定稿。

该书共分十四章，每章自成一篇，每章开头从一问一答开始。十四章中有一篇起名《卡里来和笛木乃》，它以飞禽走兽为题材，内容丰富，读了它既能开启人们的智慧，也能陶冶人们的情操，并告诫人们对有权有势者不要阿谀奉承，是一部耐人寻味的好作品。白德巴用这一章的章名做全书的书名。

师徒二人经过一年的辛勤努力，按时完成了这部著作。于是国王兴高采烈地举行了一次庆功会，邀请社会名流、学者以及社会上层人士等数百人出席。这时，白德巴在他的弟子陪同下身着婆罗门黑色大礼服，手捧宝书进入会场。他一出场，会场内响起了雷鸣般的掌声。他向国王行了君臣之礼。国王说："白德巴呀，今天是一个不寻常的日子，你抬起头来，与我并肩坐下，请高声诵读这部珍贵的宝书吧。"

当白德巴坐定后，国王问道："你所写的书，每个章节的含义是什么？要达到什么目的？"白德巴对国王提出的问题都一一做了回答。国王听了之后异常兴奋，他说："知我者乃白德巴也。"国王又亲切地对白德巴说，"在这个隆重的日子里，你需要什么请提出来，我会满足你的。"

白德巴听到国王如此亲切的话，诚惶诚恐地站了起来，两臂抱胸，弯腰向国王致意，然后讲道："尊敬的陛下，我别无他求，只希望国王像保存先帝们所遗留的书籍一样，保存好我所编写的这部书，以防遗失。"于是国王下令将其当作国宝深藏于宝库之中。

后

记

我这里说的，也是几十年前的事了。记得在也门工作期间，一个偶然的机会，在首都萨那遇见了一位曾经在西安长安大学留过学的也门学生，名叫阿里·谷巴推，由于工作原因，我们只寒暄了几句就分手了。

　　一周后，他来到了我的住地，拜访我。谈话间，我问起往届毕业的留学生时，谷巴推高兴地告诉我说："在高等学府接受过高等教育的学生，现在他们在各自的工作岗位上，个个干得都很出色，如今是国家的栋梁之才了。"

　　当时我听了谷巴推的话，感到很欣慰。确实，几十年来，长安大学为也门国家培养了一大批科技建设人才，他们为建设自己的国家发挥了很大的作用。

　　临别时，谷巴推同学送给我一本阿拉伯文《卡里来和笛木乃》，并介绍说，此书在阿拉伯世界流传很广，是一部妇幼皆知、雅俗共赏的文学作品，寓意深刻，通过动物之间的对话，道出了人生哲理。"

　　谷巴推鼓励我，不妨将该书翻译成中文，也是对中阿文化交流所做的一份贡献。

　　谷巴推的话提醒了我。既然来到了阿拉伯国家，何愁完不成译书的任务呢？于是我在空余时间，将该书浏览了一遍，觉得难点很多，心想，如若将该书译成中文，没有毅力和时间是不行的，于是我采取的办法是手不释卷，工余时间，就多看、多记、多查阿语大词典。

功夫不负有心人。经过了一段时间的不懈努力，才有了完成翻译的信心。

后来由于工作繁忙，开工点增多，翻译任务也很繁重，一天工作下来，筋疲力尽，无时间读书了。

1995年退休后得闲暇，开始集中时间，全力以赴地翻译，于2012年完成初稿。随后加做了多次修改。

笔者因年事已高，且诸病缠身，久住医院，无力无暇顾及书后出版，现幸得遇张志华教授的重视与关心，他谙熟阿拉伯文学，了解《天方夜谭》和《卡里来和笛木乃》这类文学作品的价值，认为此书虽曾有人翻译，出版过，但目前社会上仍然奇缺，定有不少读者期待，而且目前学阿拉伯语专业的大学生逐年增多，而阿拉伯语文学作品稀有，此书的翻译出版可以填补这个空白，我们也可以推荐给学生学习，了解阿拉伯文学和文化，并可作为练习翻译的材料。张志华教授还在百忙中，对书稿进行了仔细地校订润色，特此表示衷心的感谢，也向宁夏人民出版社致谢！

2018年10月10日